美脚ミミック、ハルミさん

～転生モンスター異世界成り上がり伝説～

Illustration Yu-nagi

美脚ミミック、ハルミさん 1

～転生《モンスター》異世界成り上がり伝説～

藤孝剛志 Tsuyoshi Fujitaka

Illustration 夕薙 Yu-nagi

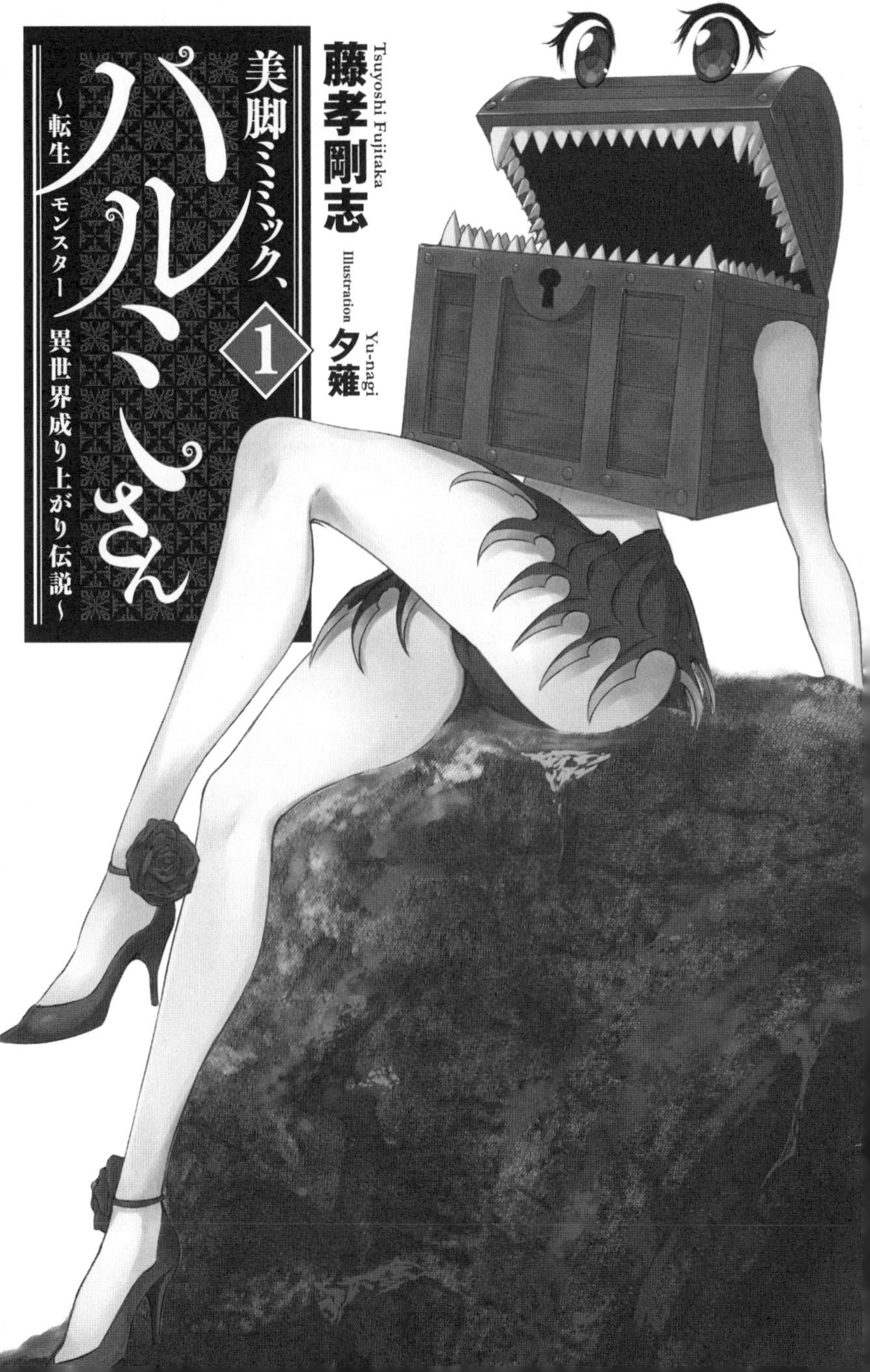

1章　アルドラ迷宮

CONTENTS

2章　闇の森

番外編　──書き下ろし──

美脚ミミック、ハルミさん

～転生モンスター異世界成り上がり伝説～

1章

アルドラ迷宮

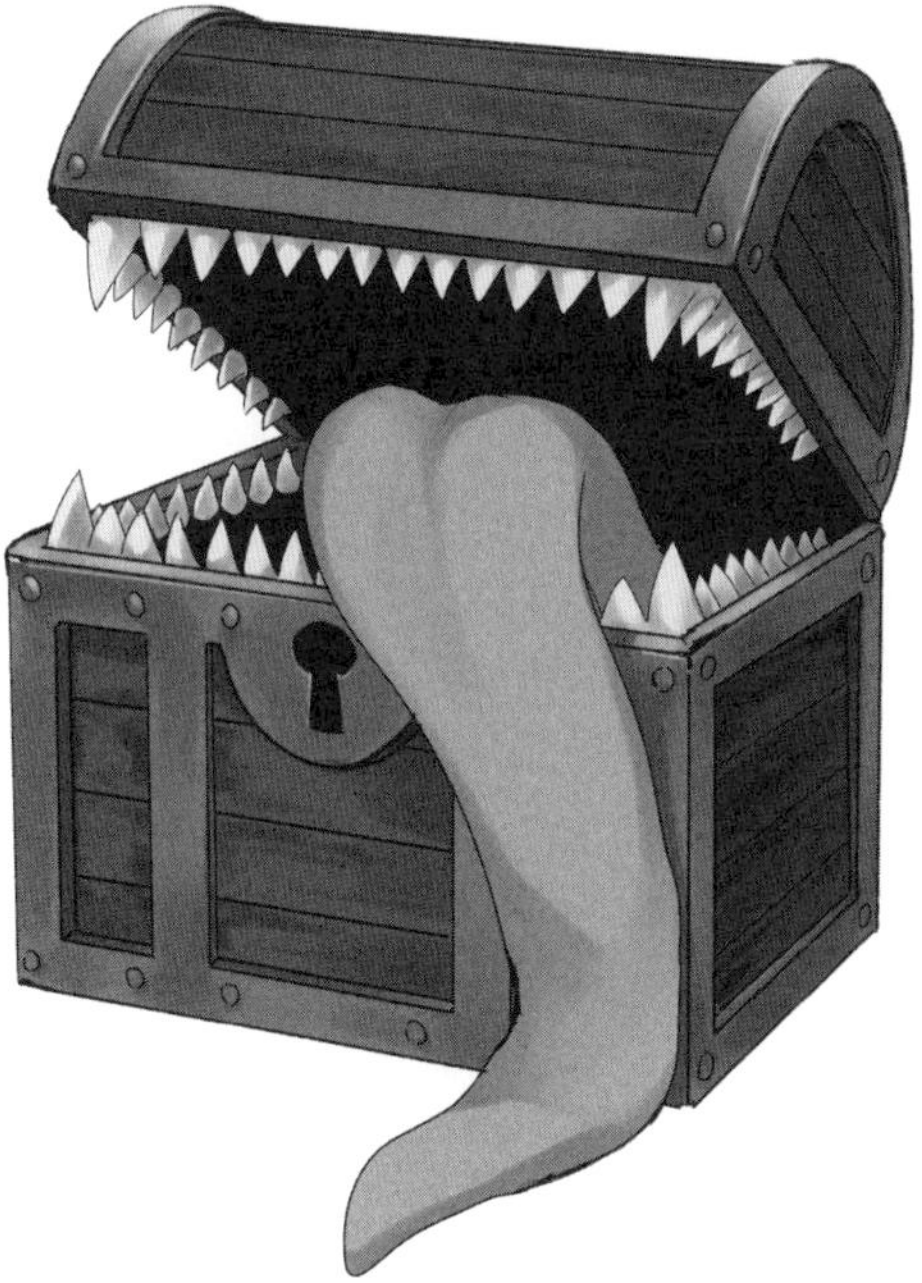

1話　ブリーフィング

これは夢なんだろう。うん。

わけがわかんなかった私はとりあえずそう思うことにした。

なにせ周りはバケモノだらけ。

犬人間だとか、豚人間だとか、骨人間だとか、そんなのがうじゃうじゃいるのだ。

まー、夢だとしたら悪夢だよなー、これ。

今のところ、このバケモノたちは私に興味を持ってないらしい。気付いてないってことじゃなくて、さっきから何度か目は合ってるんだけど、どうでもいいって感じなのだ。

まあ、これが夢なんだとしても、バケモノに餌だと思われてないとしても、このままここにいるのはまずい気がする。いつこいつらの気が変わるかわかんないし。

ということで、ゆっくりさりげなく去っていこうと思ったところで、動けないことに気付いた。

うん。びっくりなことに動けないんだこれが。

ぴくりとも。

まーったく動けない。

これが金縛りってやつ？　とか思ったけど、事はもっと単純だった。

手足がないのだ。

うん。自分でも何言ってんだか、と思うんだけど、事実だから仕方ない。

私は、箱だった。ちょい大きめの、海賊とかが財宝入れるのに使ってるみたいな宝箱だったのだ。

なんでそんなことがわかるのかというと、自分の姿が見えてるから。

どうも私の視点は、私の身体から離れてて、好きな方向を見ることができるらしい。

で、音も聞こえてて、匂いもわかったりする。目も耳も鼻もない宝箱だけど、そういう感覚はあるのだ。

ふむ。私はこんなおかしな身体じゃなかったはずなんだけど？

と思ったんだけど、じゃあ、どんな身体だったのかと考えると、それがわからない。

そう。この状況にいたる前の記憶がまったくなかったのだ。

もう一度あたりを見まわす。

あ、なんか視点は思ったように動かせるみたい。自分の身体である箱の周りならどこにでも動かせた。

ここはどこかの部屋のようだった。

がらんとした石造りの部屋で、扉が一つあって、バケモノがいっぱいいる。

よく見てみると自分と同じような箱もいくつかあった。で、その箱は蓋をばくばくと開けたり閉めたりしていて、中には鋭い牙がずらりと並んでいる。

なるほど。どうやら、ここにいるのは箱も含めて全てバケモノってことらしい。となると、当然私もバケモノってことになる。

私も口を開けようと思ってみた。


バカン！

開いた。他の箱と同じように牙が生えていて、中は暗くなっていて、そこからおっきな舌が生えていた。

べろべろーん！


舌も思いどおりに動く。

……ってこれでどうしろと！

蓋の開け閉めと、舌をべろべろするしかできなくてどうしろと!?

これじゃどこにも行けないじゃん！　あれか、舌か！　この舌を活用して、どうにか移動しろというのか？

うーん。どうしたらいいんだろう。

夢だと思い込みたかったけど、どうにも現実感があって、覚める気配はまるでない。

まあ、これが現実だとしても、動けない状態で私はどうしたらいいんだろうか。

「はい、産まれたてのみんなー、こんにちは！　私はアルドラ迷宮で地下十階のボスをやっている、マリニーっていいますよー」

声がしたほうを見てみると蜘蛛女《アラクネ》が一段高いところからみんなに語りかけていた。

うん？　産まれたてってなに？

いやいやいや、さすがにそれはないんじゃなかろうか。

確かに自分に関しての記憶はないんだけどさ、でも、私はいろんなことを知ってるわけじゃん。

こうやって考えてるわけじゃん。

産まれたてでこうはいかないんじゃないの？

たとえばさ、そのマリニーさんは大きな蜘蛛の頭の部分から、人間の女の人の裸の上半身が生えているわけなんだけど、蜘蛛とか人間とか女とか裸とかの単語の意味を私は知ってるわけですよ。

「みんなは、産まれたばっかでわけわかんなーい、って思ってるかもしんないけどー、どうせほとんどの子が死んじゃうから、説明するだけ無駄だし詳細は省くねー。みんなはまず地下一階に配置されるんだけど、とりあえず1シーズン、つまり五日間をどうにか生き延びてね！　生きてたら説明してあげるねー」

説明する気はさらさらないみたい。

マリニーさんの話は本当にそれで終わりらしくて、さっさと部屋から出ていった。

そして、代わりとばかりに、リヤカーを引いたおっさんがぞろぞろと中に入ってきた。

大きくて、ハゲで、ムキムキのおっさん。形だけなら人間っぽいけど、肌が岩のような感じなので、岩人間ってことみたい。

その岩のおっさんが私に近づいてくる。

な、なに？　どうすんの？

と焦ってると、むんずと掴まれて、リヤカーに乗せられてしまった。

どうも、ここにいる私たちをどっかに運んでいくみたい。

おっさんは、他にもぽぽいっとバケモノをリヤカーに積み込んでいく。

私と一緒のリヤカーに乗せられたのは、犬人間五匹だ。

犬人間っていうか、犬が立ち上がって、武器とか持てるようになりました。みたいな感じかな。

リヤカーはそれでいっぱいになって、おっさんは私たちを連れて部屋を出ていく。

外に出ると夜だった。月が出ててあたりを照らしてる。

けどやっぱり、こんなところには見覚えがまったくなかった。


がたがた、ごとごと。


舗装されていない地面の上をリヤカーが進んでいく。

さっきまでいた場所を見てみると、石造りの建物で、他にもそんなのがいくつも並んでいた。

街、なのかなー。

進んでいくと鬱蒼とした森があって、そこに大きな石造りの塔があって、私たちはそこに入っていった。

そこは小さな部屋で、おっさんが壁のパネルを何やら操作すると、部屋がガタンと動きだした。

エレベーターかな。

そう思って部屋の中をきょろきょろ見てみると、階数表示っぽいものがあった。

B16、B15、B14とカウントダウンしていくので、地下から上に向かってるみたい。

そのまま地上まで行くのかと思ってたら、エレベーターはB1で止まった。

部屋を出ると石造りの通路。

おっさんはまたもやリヤカーを引っぱって通路を進んでいって、どこかの扉を開けて中に入っていく。

そして、おっさんは私たちをそこでおろして、出ていった。

ここは石造りの部屋で、天井がぼんやりと光ってる。広さは5メートル四方ぐらいで、そこに犬人間と一緒に閉じ込められて、えーと、だからどうしたらいいんだ？

『マリニーでーす！　アルドラ様に代わってみんなにお知らせするよー。今から、シーズン389を開始しまーす！　みんなでがんばって冒険者たちをやっつけましょうねー』

考え込んでいると、何やら声が聞こえてきた。

冒険者？　やっつける？

「わんわん！」

犬くんたちは張り切ってるけど、意味わかってんだろうか。

ふむ。困った。

現状、何かが進んでるんだろうってことだけはわかって、何かしなきゃいけないような気もするんだけど、どうしていいのかさっぱりわかんないのだ。

「ねえ、きみたち、なにかわかってるの？」

犬くんたちに話しかけてみた。というか、喋《しゃべ》れることに今気付いた。

「わんわん！」

犬くんたちが近づいてきた。けど、意思の疎通は無理っぽい。犬くん同士ではわんわんで通じてるっぽいけど、私には何を言いたいのかさっぱりわかんないのだ。

「誰か説明してよ！　わっけわかんないんだけど！」

と、思っていると、唐突に犬のモンスターはワードッグというのだと思い出した。

思い出したっていうのも変かもしれないけど、急にそんなことがわかったのだ。

じゃあ、他にも同じようにわかったりするんだろうか、と思って部屋を見まわしていると、この部屋のような場所を玄室ということも知っていた。

玄室は報酬が用意されている部屋のことで、一緒にモンスターも配置されるのだ。

……ん？　モンスターがワードッグだとすると、報酬ってのは私のことか!?

自分の存在に疑問を抱いていると、何かが目の前に浮かび上がってきた。

名前：ハルミ
種族：ミミック
性別：女
レベル：1
天恵：美人薄命
加護：なし
スキル：
・擬態（宝箱、？）
・言語（無機物系＋2、人間）
・収納
装備アイテム：
なし

どうやら、私の情報のようだ。

私はハルミっていうらしい。聞き覚えはまったくないんだけど、名前がないのも不便なのでハルミってことにしておこう。

で、ミミックってのが、この宝箱姿のモンスターのことらしい。

けど、そうなると報酬ってどうなるんだろう。私、見た目は宝箱だけどただのモンスターだよね。

けど、そこで、スキルに収納ってのがあることに気付いた。私には宝箱として、中に何かを入れておく機能があるんじゃないの？

「スキルってのも、使いたいって思えば使えるのかな」

・ストレージ
・10G

なんか出た。私の中には、財宝っぽいものが一応入っているらしい。

ふむ。なんとなくわかってきたような。

ちょっと整理してみよう。

ここは地下迷宮の玄室で、私は報酬として配置されている。ここには冒険者がやってくるってことなので、モンスターとかを殺したり、宝箱を漁《あさ》ったりするんだろう。で、そこで五日間生き延びろってことか……ってなんだそりゃ！

詰んでるじゃん！

私、動けないんだけど！　冒険者が来た時点でアウトなんですけど！

と、玄室の扉が開いた。

そして、冒険者らしき奴らが入ってくる。

えーと……。がんばって！　ワードッグのみんな！

2話　冒険者

さて。

ワードッグのみんなはいきなり全滅してるんだけど、どうしたもんでしょうか。

五匹いたワードッグのみんなは、開いた扉に殺到して、一瞬で殺されちゃったのだ。

剣でずばずばと。まっぷたつにされまくって。

ということで、もう誰も守ってくれない状態だ。

じゃあどうするかって、私にできることは何もなかった。

だって、宝箱なんだもん。

なので、ワードッグを殺して満足した冒険者たちが去っていくのを待つぐらいしか……って、去っていくわけないじゃん！

だって、宝箱が置いてあるんだよ？　開けるに決まってるじゃない。私だって、開けちゃうよ、そんなもの。

じゃあ、どうするかっていうと、近づいてきたところをガブリってするぐらいなんだけど、それもたいして意味はなさそう。

だって、冒険者は四人いるんだから。むちゃくちゃうまくいって、なんとかガブリが成功しても、それで倒せるのは一人まで。残りの三人にボコボコにされるに決まっているのだ。

冒険者は格好からすると、戦士、魔法使い、僧侶、盗賊といったところだ。

そーゆーこともなんとなくわかる。その手の知識は生まれつき持ってるみたい。

「ちょっとー！　なんで地下一階で寄り道してんのよー。ワードッグなんか殺したって意味ないでしょー」

そう言うのは魔法使いの女だ。

なんでか人間の言葉はわかるけど、それは言語スキルのためらしい。

「そうですよ。雑魚相手でも、武器を使えば耐久力が減るんです。深層では、そのちょっとした油断が命とりになるかもしれないんですよ」

文句を言っているのは、僧侶の青年だ。

「けどよぉ。今シーズン一番乗りってことは、漁り放題ってことだろうがよー」

ぶつくさと言い返すのは剣を手にした戦士の男。ワードッグを一瞬で全滅させた張本人だ。

「あのね。地下一階のモンスターと宝箱を私らみたいなベテランが奪ってどうすんのよ。こういうのは初心者に譲るべきでしょうが」

そういうマナーらしかった。うん。マナーは大事だと思う。ベテランだっていうならなおさらだ。

だから、私のことはほっといてもらいたい！

「どうせすぐ再配置されるだろ。ちょっとした験担ぎってやつよ。ここでちょっといいもんが手に入ったら幸先いいってもんだろ？」

「地下一階の宝箱に何を期待してるんですか……」

僧侶はやれやれと言わんばかりだったけど、やっぱり宝箱は魅力的なのか四人が近づいてくる。

はい、終わった！

私のモンスター生は、いきなりここで終了なのだ。

いや、でもせめて一噛みぐらいは！

相手は宝箱だと思って油断してるんだから、もしかしたら成功するかも……。

「そいつ、ミミックですよ」

と、今まで黙っていた盗賊の青年がそんなことを言いだした。

「うわー、マジかよ。一階からいるとか、油断してたらやべーな」

「どうする？　とりあえず魔法撃っとく？」

戦士と魔法使いがもろに警戒しはじめた。うん。もう噛みつくとか絶対無理！

「武器の耐久性もそうですけど、魔力の無駄遣いも好ましくありませんね」

そ、そうだ、いいぞ僧侶！　眼鏡をくいっとしてるのがかっこいいぞ！　こんな雑魚はほっといてどっかに行くんだ！

「でもよ。ミミックのドロップでレアなのあったろ？　倒す価値はあるんじゃねーの？」

ないから！　10Gしか入ってないから！　10Gがどんな価値かは知らんけど！

「ミミックのレアドロップだと欲望のメダルですね。効果はアイテム発見率の上昇。売れば一財産になりますよ」

聞いた途端に、みんなの目の色が変わった。

盗賊！　さっきから余計なこと言ってんじゃねー！　そんなもん入ってねーよ！

「武器も魔法ももったいないなら、とりあえず蹴ってみるか」

「そうですね。地下一階に出てくる程度のミミックなら、それでも一撃でしょうし」

そこは止めてくれよ、僧侶！

けど、もうそういうことになったのだろう。戦士が近づいてきた。

筋肉もりもりのおっさんなので、脚もむっきむきだ。

こっちは宝箱とはいえ、木製の箱程度の耐久力しかないのだ。こんなおっさんに蹴られたら確実に死ぬ！

なにか！　なにか、この局面を乗り切る方法は！

そう！　会話だ！　話ができるのなら命乞いをすれば！

「助けて！」

戦士が足を止める。おお！　もしかして！

「なにか音がしませんでしたか？」

僧侶が訝しげに訊く。

「ミミックが揺れたような気がしたけど？」

魔法使いも首をかしげていた。

「びびって、震えてるんじゃねーの？」

けど、なんにも通じていなかった！

「助けて！　助けて！　助けて！」

蓋がガクガクと揺れるけど、会話になってない。え？　言語スキルって言葉の意味がわかるだけ？

「何か喋ってるようですね」

おお、やっぱり僧侶に期待するしかない！　いいぞ、眼鏡くん！

「そりゃ、モンスターはモンスター同士で何かしら喋ってるだろうがよ。そんなこと気にしてどうすんだよ」

くっそ、この脳筋戦士が！　異種族交流に思いを馳せやがれよ、この野郎！

こっちが何か喋ってる様子だろうと関係なく、戦士は近づいてきた。

こうなったら最後の手段だ！

「ガオー！」

ぱかりと蓋を開き、牙を剝き出しにして威嚇《いかく》した。


こてん。

で、バランスを崩して仰向けに倒れた。

……なにやってんだ私！

最悪だ。もともと攻撃が通じる気はしてなかったけど、噛みつくチャンスすら失ってしまった。

「なんだ？　こいつ」

「自分で勝手にこけて動けなくなってない？」

他に、他になにか！

必死になって、ステータスを再確認する。

まず目に付くのは、天恵の美人薄命。うん、みごとなまでに役に立つ気がしない。

言語スキルはもう使ってみたけど、話がまるで通じないので意味がない。

じゃあ、収納スキル！　これだ！

ストレージから10Gを取り出して、舌でそっと前に差し出す。これで勘弁してください！

「あ？　なんか出たぞ？」

戦士がまた足を止めた。

「これは……10G銅貨ですね」

僧侶が私が出したアイテムを確認する。

「もしかして命乞いかしら？　これで助けてくれってこと？」

そう、そのとおりです！

「10Gって……駄菓子ぐらいしか買えねーじゃねーかよ。なめてんのか」

怒らせただけだった！

つーか、駄菓子しか買えないってなんだよ。宝箱なんだから、もうちょっとましなもん入れといてよ！

なけなしの10Gを放出したので中身は空っぽだ。くそ、こんなことなら、投げつけてやればよかった！

あ、収納で出すのはやったけど、入れるのはどうだ！

近づいてきた敵を丸呑みにするとか！

すると、なんか説明が出てきた。


収納スキルの実行でエラーが発生しました。
・同意エラー：生物の収納には同意が必要です。
・サイズエラー：対象サイズが、収納容量を超えています。

駄目か！　そりゃそうだよね。なんでもかんでもしまえるなら無敵だしね。

そうなると残りは擬態スキルのみ。

宝箱ってのは今の状態だと思うけど、もう一つ〝？〟ってのがある。なんだかわからないけど、他の姿に擬態できるのなら、それでどうにかなるかもしれない！

もうこれにかけるしかないのだ！。

「擬態！　擬態、ぎたい、ギタイ！　何でもいいから！　動けるようになれー！」

私は、必死になって叫んだ。

もう他に思い付くことも、頼れるものもなかったからだ。

すると、

どかん！


と、私は吹き飛んでいた。

何が起こったのかわかんない。気付けば壁に激突していたのだ。

「なんだ、こいつ？」

「今、移動しましたよね？」

「キモ！　なんなのこいつ！」

キモイってのは見た目のことだろうし、だとすると擬態には成功したんだろうか。

私は、自分の姿を確認してみた。

相変わらず宝箱だ。けど決定的な変化もある。

宝箱の底から脚が、側面からは手が生えていたのだ。

うん。確かにキモイな！

3話　美脚

私の身体である宝箱の底から、人間の脚が生えていた。白くて長い脚が太腿の付け根あたりから。ついでとばかりに、側面からは手も生えている。こっちは肩のあたりからだ。

つまり、擬態に成功して脚がにゅるっと出てきたから、それが床を押すことになって、壁まで飛んでって激突したってことらしい。

「え？　ミミックってこんなんだったか？」

私の突然の変化に、戦士はとまどっていた。

「モンスターはレベル帯によって、強さや行動が全然違いますし、亜種などのバリエーションも多々ありますけど、これは……」

僧侶は首をかしげていた。

「ふ、ふははは！　動けりゃこっちのもん！」

あいつらがとまどっている今がチャンス！

両手で身体を起こして、体勢を整える。そしてダッシュ！

まっすぐに出口へ。扉があるけど大丈夫。都合のいいことに手が生えてきたのだ。つまりノブをつかんで扉を開けることが……。

ずざぁ。


次の瞬間、顔面で床を思いっきりこすっていた。あ、この場合顔面ってのは宝箱の前面ね。

視点を変えてみるとすぐに原因はわかった。

魔法使いが、私の足を杖で払って転ばせたのだ。

「こいつ逃げようとしてない？　ま、魔法使いの私でも対処できるぐらいしょぼいけどさー」

くそっ。もう一度立ち上がって、なんとか。

そう思うも、魔法使いは唯一の入り口の前に移動して立ちはだかっていた。

だめだ。

たぶん、身体能力的には魔法使いが一番弱いはずなんだけど、それでも勝てる気がまったくしない。

「そういや、ミミックのレアドロップには特殊条件とかねーのか？　ほら、部位破壊だとか、特定の属性で倒さないと出ないアイテムとかよくあんだろ？」

後ろから戦士が近づいてくる。

前には魔法使い。左右にもいつの間にか僧侶と盗賊がいる。つまり囲まれていた。

「ありますよ。特殊条件」

盗賊がそんなことを言い、私は耳を疑った。

うそぉ！　そんなん、あるの？　私も知らないんだけど!?

「おお！　じゃあ教えてくれよ！」

「そうですね。かなりめんどうな方法なんですけど……」

え、なんなの？　私、どんな風に殺されたら、アイテムドロップすんの？

私は興味津々で聞き耳を立てていた。

冒険者たちの注意も、盗賊に向けられている。

今なら逃げられる？　いや、無理か。魔法使いはしっかり扉の前に立ちはだかってる。こいつをどうにかしないことには駄目なのだ。

盗賊が戦士に近づいていく。そして背後に回り込んだ。

ん？　なんでわざわざ？

戦士も疑問に思っているようだけど、それがめんどうな方法とやらの一部なのかと静観しているようだ。そして、

びしゃぁ！


って、えええ!?

盗賊のナイフが、戦士の首を斬り裂いたのだ。

血が噴き出して、あたりを真っ赤に染める。もちろん、私も血まみれだ。

どういうこと？　なんで仲間割れしてんの？

そして盗賊は、倒れていく戦士の身体から離れて、僧侶に襲いかかっていた。

こちらも一撃。正面から堂々と首を刎《は》ね飛ばし、返す刀で魔法使いに飛びかかる。

な、なに!?

まったく意味わかんないんだけど？　これが特殊条件なの？

盗賊はあっさりと魔法使いも仕留めて、どこからか出した布でナイフの血を拭いながらこっちへとやってきた。

何が楽しいのか、うっすらと笑みを浮かべている。

って、こえぇよ！　なんなんだよ、お前！　モンスターとか目じゃねぇよ！

いや、もう逃げようにも、足がすくんで動けなくなっていた。

盗賊は私の前までやってくると、しゃがみ込んだ。じっくりと、なめ回すようにこちらを見ている気がする。

ああ、もう駄目だ。こんな奴に勝てるわけがない。

私は、レアドロップのために、なんか変なことをされたうえで殺されてしまうのだ。

「すばらしい」

はい？

今、なんて？

そして、持っていた布で私の脚を拭きはじめた。

足の先から、太腿の付け根まで、じっくりねっとりと、すみずみまで確実に血を拭う。

「魔法使いの女もいい線はいっていたんですが、これとは比べものになりませんね」

さすりさすり。

盗賊が愛おしむように私の脚をなでている。

ちょっ、ちょっと待って！　あんたなにしてんの!?

殺されるとか、そんなことじゃない恐怖が私の背を駆け抜けた。あ、背中は宝箱の後側だけど。

「はぁ……持ってかえりたい……」

こわ！　なに、こいつ、こわ！

「けれど、ダンジョン産まれのモンスターはダンジョンの外に連れ出すと消滅するらしいですし……」

え、そうなの？　それも怖いな！　知らんかったけど！

「ですが、ダンジョンを渡るモンスターもいることですし、レベルが上がればどうにかなるんでしょうか。そのあたりは調べてみる価値がありそうですね」

盗賊が考え込んでいるけど、こっちはもうドン引きだ。

もう、殺すならさっさと殺せ！

「ですが、このまま放っておいたら調べている間に確実に死ぬでしょうね。それはあまりにももったいない」

うん。それは私もそう思う。もったいないかはともかくとして、私は何に出くわしても死ぬと思う。

「私が守ってもいいんですけど、それじゃあモンスターのレベルは上がりませんし、一般の冒険者を始末しつづけるのにも限界がありますね。一応、私にも立場はありますし……」

うん。悩むのはいいけど、撫でつづけるのはやめてくれるかな？

一応逃れようとはしてるんだけど、どう動こうとついてきて逃がしてくれない。

それに、もうレベルが違いすぎて、どんな反抗もまったく意味がないのだ。

つまり、生かすも殺すも、この盗賊の思うがままということだった。

「ああ、じゃあこうしましょう！」

盗賊が実にいい笑顔を見せた。何か思い付いたらしい。

盗賊は腰に付けたポシェットから何かを取り出した。

赤いハイヒールだ。

うん？　そのポシェットって、明らかにハイヒールより小さいよね？

ポシェットの謎に気を取られているうちに、盗賊はハイヒールを私の足に履かせてしまっていた。

「よし！」

盗賊は満足げに頷いた。

よし！　じゃねえよ！　なんの解決にもなってないよ！

「これは、レジェンダリーアイテムで、深紅の薔薇と呼ばれる足装備です」

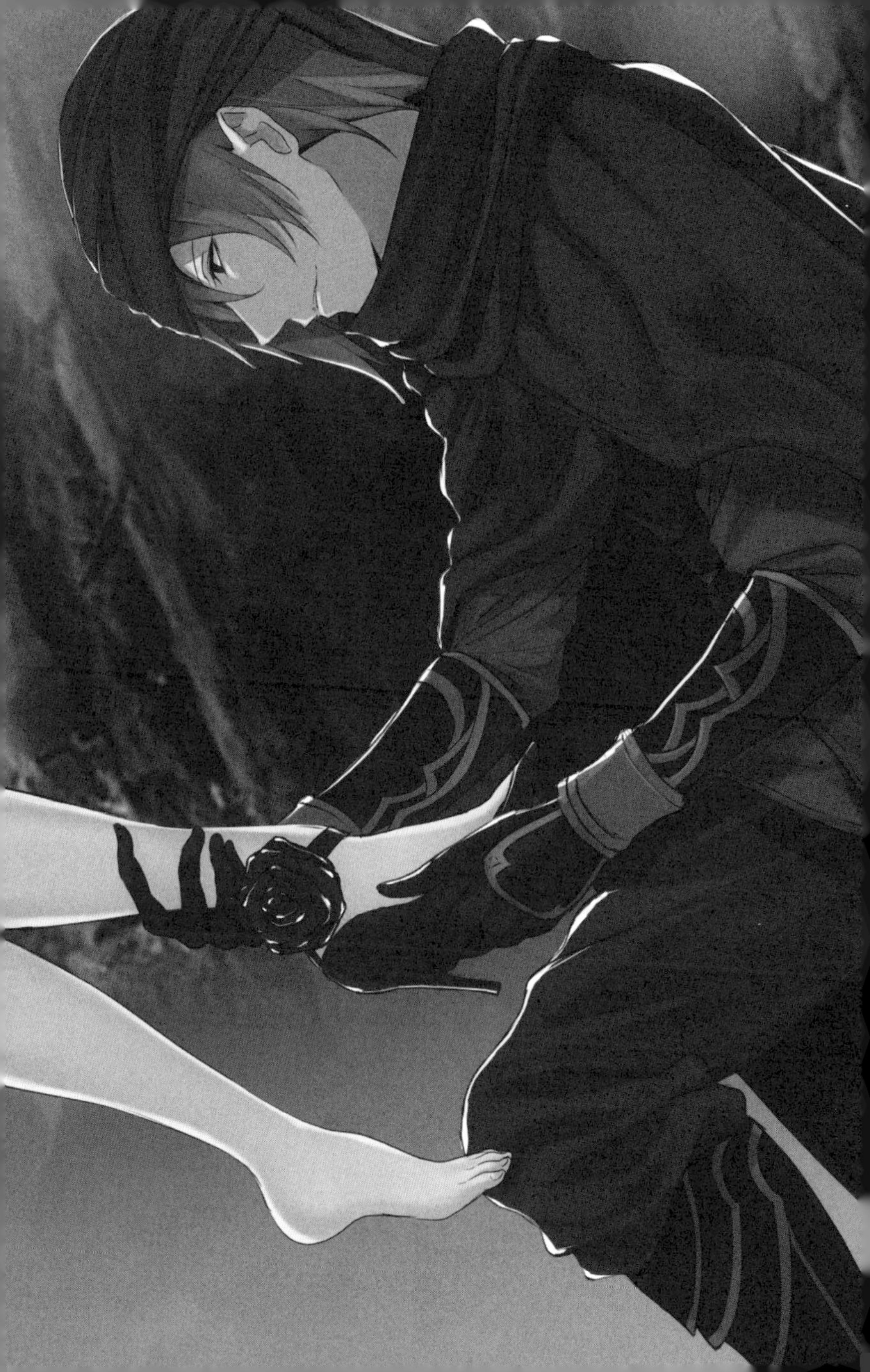

その名のとおり、薔薇の装飾が施された美しいハイヒールで、なぜか私の足にぴったりだった。

「普通ならレジェンダリーアイテムはレベル1だと装備できないんですが、こんなこともあろうかと必要レベル除去を行っていますので」

こんなことってどんなことだよ。何があると思ってたの？

ていうか、この人さっきから私に話しかけてる？

「さて。そろそろ行かなくては。今回は地下八階のボス討伐の応援で呼ばれているんですよね。三人がいなくなったことは、どうにでも言い訳できますけど、誰も行かないのはさすがにまずいですので」

盗賊は、軽く手を振って玄室を出ていった。

……え？　助かった？

すぐには信じられなくて、私はしばらく呆然としていた。

「えーっと……出ていっていいんだよね？」

ワードッグ五匹と冒険者三名が死んでいて、部屋中が血まみれになっている。

当然、こんなところにいつまでもいたくなんかない。

けど、何も考えずに出ていくのもまずいかもしれない。

なので、もう一度ステータスを確認してみた。

名前：ハルミ

種族：ミミック
性別：女
レベル：1
天恵：美人薄命
加護：なし
スキル：
・擬態（宝箱、宝箱改）
・言語（無機物系＋2、人間）
・収納
・爆裂脚（※深紅の薔薇装備時限定）
装備アイテム：
　足：深紅の薔薇

宝箱改ってのがこの手足が生えてる状態かな。

かっこの中が擬態できる種類みたいなので、通常の宝箱にも戻れるんだろう。

スキルはアイテムを装備することでも増えるようで、爆裂脚が増えている。

「ハイヒールを装備して、なんか強くなったんだろうか……」

かかと部分は細くて尖ってるピンヒールなので、踏んづけられたら痛そうだけど。

けっきょくこれだけじゃよくわからないし、ここで思い悩んでいても仕方ない。

うん。出よう。

そう決意して、扉に向かう。

すると、扉がガチャリと勝手に開いた。

もしかして、盗賊が戻ってきた？　それとも他の冒険者？

翼の生えた悪魔像なのでガーゴイルというやつだ。手には壺を持っている。

ガチャガチャと音を立てながら入ってきたのは、石像だった。

続いて入ってきたのは、僧侶服を着た美人な女の人。ただし、顔が土気色。アンデッド・プリーストかな。

もう一人、半透明で全体的に水っぽい幼女も入ってきた。水の精霊みたい。

「あのー、こんにちは」

話しかけたけど、返事はなかった。

なんなんだよ！　あんたら！

4話　清掃

入ってきた三人はてきぱきと作業を始めた。

ガーゴイルが、ワードッグや冒険者の死体を拾っては壺に入れていく。壺の見た目はそんなに大きいもんじゃないので、盗賊のポシェットや、私の収納と同じで、中が広くなってるんだろう。

水の精霊はどっかから水をぶしゃーっと大量に噴き出して血糊を洗い流し、アンデッド・プリーストはモップで床をゴシゴシと磨いている。

あっという間に部屋は綺麗になっていた。

そして、ガーゴイルたちは出ていった。

実に手際がいい。熟練のチームって感じがする。

「えーと、どうしたらいいんだろう？」

ここに配置されたんだから、ここが私の持ち場ということなんだろうか？　ここを離れたら職場放棄？

部屋は綺麗になったんだから、仕事を続けろと？

けど、ここにいたらまた冒険者がやってくるだろう。

あいつらはモンスターを見かけたらとりあえず攻撃してくるんだろうし、宝箱のふりをしていたって、開けようと近づいてくるだけだ。宝箱を無視する冒険者なんているはずがない。

となるとやっぱり、外に出たほうがいい。

せっかく動けるようになったのだ。そのほうが逃げられる可能性は高いはず。

私は、恐る恐る扉を開き、外に出た。

もしかしたら出られないなんてこともあるかもと思っていたけど、特に外出制限のようなものはないらしい。

外に出ると廊下だった。

中と同じように石造りで、天井はやはりぼんやりと光っている。

直線の通路で、所々に扉があり、十字路なんかもある。きっちりとした造りのようだ。

「うん、わからん」

どっちに行っていいものか。

とりあえず今の目標は五日間生き抜くこと。なんだけど、日数とかどうやって判断したらいいのかな。ここには時間経過がわかるようなものなんてまったくないわけだし……。

ま、時間がわからないのは仕方がないとして、とにかく逃げ続けるしかないんだけど、それにしたってやり方はいろいろとあるのかもしれない。

どこか冒険者が来なそうなところに隠れるとか。

「んー、まずはこのフロアの把握かなー」

構造を把握していれば、逃げやすいだろうし、隠れることもできるかもしれない。

なんにしろ、部屋の前でぼうっとしているわけにもいかないので、私は通路を歩きはじめた。

廊下に出てみると、案外ダンジョンの中はうるさかった。

どこかで戦闘をしているらしく、その音が聞こえてくるのだ。

だったら、音のほうに近づかなければいい。冒険者の足音なんかもわかるだろうから、気付かれる前に逃げるのもそう難しくはないはずだ。

「逃げに徹してたら案外いけるかも？」

いきなり生き延びろとか言われてどうしようかと思っていたけど、なんとかなりそうな気がしてくる。

少々楽観的になりつつ角を曲がると、そこは袋小路だった。

ちょっとがっかりしたけど、逃げるときに避けるべきところがわかったので、無駄ってことはないはず。

とりあえず引き返そう。

そう思ったのと、背後でガチャリと音がするのは同時だった。

「あ」

そして、自分のうっかりぶりに気付いてしまった。

部屋の中にいるときは外の音が聞こえていなかった。つまり、玄室内は防音。中に誰がいるやらわかったものじゃないのだ。

振り向くと、10メートルほど先にある玄室から、冒険者が出てくるところだった。

とにかく、隠れ――

「うわ、なんかキモいのいるんだけど！」

はい、無理でしたー。

てか、隠れる場所なんてないよ！　袋小路だよ！

扉からは冒険者が次々に出てきた。

ぞろぞろ。ぞろぞろ。

ん？　んんん？

ねえ、多すぎない？　普通四人とか、多くても六人とかそんなもんなんじゃないの？

あっという間に冒険者の人数は二十人を超えていた。

多すぎだろ！　群れすぎだろ！

戦士とか魔法使いとか僧侶とかの定番の奴らもいれば、それ以外のなんだかよくわかんないのまでいろんな奴らがいる。

「なにあれ、ミミック？　あんなの地下一階にいるのか？」

「地下一階でもごくまれにトラップとして登場するとガイドブックにはありますね。でも、ワンダリングモンスターの一覧には載ってないですけど」

ガイドブック！　それ欲しいんだけど！

「今シーズンから追加されたとか？」

「だったら、下手に手を出さないほうがいいんじゃないか？　俺たち初心者なんだからさ」

そ、そうだよ！　手を出さずにどっか行けよ！

「つってもさ、ここ地下一階だぜ？　初心者でもまず死なねーって話じゃん。こんなとこでびびっててどうすんだよ？」

「だよなー。地下一階のモンスターが強いわけねーよなー」

「はーい、みなさん、お静かにー！　状況の判断はガイドのお兄さんがするので、素直に従うことって最初に説明しましたよねー。地下一階とはいえここはダンジョン！　勝手なことをするなら、責任を持てません！　初心者ツアーからの離脱と見做《みな》して置いていきますよー」

「はーい！」

初心者ツアー？

言われてみれば、なんか子供が多いな。

ガイドのお兄さんとやらが前に出てくる。なるほど、一人だけ雰囲気が違って歴戦の戦士って感じがする。って、感心してる場合じゃないけどな！

「いいですか、初見のモンスターには十分注意する必要があります。そこの君。こんな場合はどうするんですか？」

「はい！　解析して脅威を分析します！」

「そのとおりです。まずは解析ですよ。じゃあ解析スキル持ちの人。それぞれ、解析してみてください」

見られてる！

むっちゃ見られてる！

ただ見られてるってよりも、露骨に見られてる感じがする！


『解析抵抗……失敗しました』

『解析抵抗……成功しました』

『解析抵抗……失敗しました』


なんか出た。三人に解析を試されて、二人に成功されてしまったみたい。

「はい！　レベル1のミミックです！」

こんだけじろじろ見といてわかるのはそんだけかい！

「では、君。レベルとはなんでしょう」

「はい、その存在の総合的な強さを示すものです」

「そのとおりですね。ここでのポイントは、レベルは汎用的な指標ということなんです。つまり種族を問わないんですね。つまり、レベル1のスライムと、レベル1のドラゴンは同じ程度の強さというわけです。もっとも、レベル1のドラゴンなんていませんけどね」

なんか、私そっちのけで講義が始まってんだけど。

てことは、私ごときはなんの脅威とも思われてないってことか。いいけどね！　どうせレベル1

だよ、悪かったな！

　とはいえ、レベルの話なんかは私も知らないことなので、興味深い。

「さて。レベルが強さの指標だとは言いましたが、レベルが表しているのは、素の強さであることは忘れてはいけません。装備や魔法による強化は、レベルには反映されないのです。それと、厄介なのはスキルです。レベルが低かったとしても、たとえば、相手が即死魔法なんてものを使ってきた場合、こちらは一定の確率で死んでしまうわけです。初級の解析スキルでは、相手のスキルや装備品までは見抜くことができません。その点は注意しましょうね」

「はーい」

「まあ、そう言いましたけど、このミミックはレベル1ですし、君たちでも十分勝てる相手であることは間違いありません。というのはですね、ダンジョンには暗黙の了解があるんですよ。地下一階から本気を出してくるダンジョンはまずありません。このアルドラ迷宮についても同様ですね。なので、ちょっとした変わり種ではありますけど、それほどの脅威ではないと考えていいでしょう」

　私もただ、講義を黙って聞いていたわけではなくて、どうにか逃げ出せないかと考えてはいたんだけど、どうしようもないのだ。

　今私がいるのは通路の角で、この先は袋小路なのでそっちには活路がない。

　となると、初心者ツアーのほうをどうにかしないといけないんだけど、こいつら数が多すぎて通路にみっちり詰まっているのだ。

初心者らしく、気もそぞろで隙だらけって感じはあるんだけど、物理的な隙間がない。

「そうですね。ではレベル10の戦士の子。前に出て来てください。君たちで、ミミックに対処しましょう」

レベル1に対してそれはどうなんだよ！　お前ら、レベル1を警戒しすぎだろ！　もっと油断しろよ！

「ガイドのお兄さん！　僕レベル9の戦士ですけど、10とそんなに変わりないですよね？　あいつやっつけたいんですけど！」

「さっきも戦士の子がやってたじゃないですか。今度は格闘家の番だと思います！」

「私、レベル15の魔法使いです。ここから一発撃てば片付くんじゃないですか？」

「ああ、もうわかりました。じゃあ、やりたい方は手を挙げて！　多いなぁ……じゃあじゃんけんで決めましょうか」

今だ。

もう今しかない。

下がっても仕方ないんだし、前に行くしかない。そして、行くならごちゃごちゃとやっている今なのだ。

ただ突っ込むだけじゃ意味がないけど、こっちには深紅の薔薇が、爆裂脚がある。

なんかわからんけど、必殺技のはずだ。

これをぶっつけ本番でぶちかます！　もうこれしかない。

そう決めて、脚に力を込めてダッシュ！

ガン！


何が起きたのか一瞬わからなくなった。

え？　攻撃された？　何に？

頭に激痛が走り、宝箱の蓋を両手で押さえる。

冒険者たちの視線が二つに分かれていた。

私と、天井と。

見上げてみれば、天井にヒビが入っている。

なるほど。天井にぶつかったんだな。

ダッシュをしようとして全力で床を蹴ったところ、斜め上に打ち上がったのだ。

もしかして深紅の薔薇で脚力が上がってる？

ならば！

身体を起こし、そこそこの勢いで冒険者たちに近づく。

「ばく・れつ・きゃく！」

全力で蹴る！

ちょっと力を込めただけで天井にぶつかるほどの脚力だ。二、三人まとめてふっとばして――

ガシン！


私の蹴りは、ガイドのお兄さんの盾に防がれていた。

あ、あれ？

なんか、そうたいした威力でもないような……。

「移動速度に補正がかかっているようですね。ちょっとびっくりしましたけど、攻撃力はやっぱりレベル１って感じですね」

そうなの!?　移動と攻撃って別なの！　え？　おかしくない、それ？

すごい速さで走れる脚力があったら、蹴りの威力も上がるだろ、普通！

お兄さんが剣を手にする。

私は、全力で後退した。


ばひゅん！　がん！


下がりすぎて、壁に激突した。やっぱり移動だけは速くなってるらしい。

ああ、でもこれ以上どうしようもない。

これで相手が一人なら隣をすり抜けるなんてこともできたんだろうけど……上か！

そう。あいつらの頭上を跳び越えればいいのだ！

そうと決めた私は、あいつらを跳び越えようと脚に力を込める。


ぼんっ！


そして、目の前の光景に、私は動きを止めた。

え？

ガイドのお兄さんの上半身がなくなっていた。

そう、爆裂したのだ。

それはまさに深紅の薔薇！　ってぐらいの見事な爆裂っぷりだった。

なんとなくすごい威力の蹴りなんだろうってぐらいにしか思ってなかったけど、文字どおり蹴った相手が爆裂するって技のようだ。

なるほど、なるほど、なるほど！　ということはだ！

爆裂脚をくらわして、逃げるって感じのヒットアンドアウェイ作戦で勝てるんじゃね？

と、私が勝利を確信していると、

どかどかどかん！

と、初心者ツアーのみなさんが一斉に爆裂した。
えーっと……いったい何が?

5話　スライム

当面の敵は全滅した。

「なんだこれ？　私、一回しか爆裂脚使ってないよね？」

ガイドのお兄さんに使って、蹴り自体は盾で防がれた。

なのに、お兄さんは爆裂し、ちょっと時間をおいて他の初心者ツアーのみなさんも爆裂したのだ。

「まあ、助かったしいいんだけど……」

近づいて様子を見てみる。

初心者ツアーのみなさんは木っ端微塵になっていて何も残っていなかった。

ついでとばかりに、玄室の扉まで消し飛んでしまっている。

「あー、ガイドブック欲しかったなー」

今の私には喉から手が出るほどに欲しいものだけど、装備も含めて全て爆裂しちゃってるので、紙製のガイドブックが残っているわけもない。

「けっこう派手な音がしてたし、ここは離れたほうがいいよね」

ここは袋小路なので、冒険者がやってくればまた同じ状況になる。

初心者ツアー爆裂事件の現場検証はそこそこにして、私は移動することにした。

爆裂地帯を踏み越えて、分かれ道へ。

さて、どこへ行ったものだろうか。

通路を歩いていてもいきなり玄室から冒険者は出てくるし、玄室の中にいたら逃げ場はないし。

んー、いや、別にもう逃げなくてもいいのか？

まだよくわかんないけど、爆裂脚は強力みたいだし。

てことで、とりあえず、手近な玄室を覗いてみることにした。

どこから敵が出てくるかと思うと落ち着かないのだ。その点、玄室なら敵がやってくる方向は限定されてるわけだし。


ガチャリ。


「こんにちはー」

恐る恐る扉を開いて、なんとなく挨拶してみる。

けど、中には誰もいない。それにモンスターがいたとしても挨拶するだけ無駄——

「おう！」

かと思ったけど、そんなことはなくて、天井から声が聞こえてきた。

見上げると、緑色のべったりとしたものが、天井に貼り付いている。

「え？　私の言葉わかるの？」

　これまで、こちらの言葉が伝わったことがなかったので、驚いてしまった。

「無機物系言語スキルを持ってんだよ。無機物ってカテゴリーにされちまうのは、はなはだ不本意だけどな」

「同じ言語スキル同士なら会話できるってこと？　けど人間言語スキル持ってても人間と話せなかったんだけど」

「それはスキルレベルによるな。聴取《リスニング》よりも発話《スピーキング》のほうがレベルが必要になる」

　私の無機物系言語スキルは＋２なので、それで話すことが可能だけど、＋のない人間言語スキルだと、相手の言葉は理解できても、こちらの言葉は伝えることができないって感じかな。

「ははあ。冒険者さんが入ってきたら、上からばさーっと落ちてくるってわけですか」

「そうだ。で、全身で溶かすってわけだ。まあ、とにかく中に入れよ。ドア開けっぱなしだと危ないだろ」

　そうだった。まだ、部屋を覗いている段階だった。なので、中に入って扉を閉める。

「お一人ですか？」

「まあ一人だな。どこからどこまでが自分なのかいまいちはっきりとしねーけどよ」

　天井の半分ほどが緑色だった。

「見ない顔だけど、ミミックか？　なら玄室配置だったんだよな？　よく出てこられたな」

　うん。ミミックかどうか確信を持てない気持ちはとてもよくわかる。

「ああ、産まれたてです。なんでか出られました」

「俺は、スライムのスラタローだ。２シーズン生きてるからここでは先輩だな」

スライムは、天井に貼り付いて待ち構えてて、下を通りがかった獲物に襲いかかるモンスターだ。トラップ扱いってことで、無機物カテゴリーなのかも。

「スラタロー先輩ですか。私はミミックのハルミです」

私は、これまでのあらましを語った。

「ふんふん。で、何しにきたのよ？　お前、もうワンダリングモンスターなんじゃねーの？　まあ玄室に入っちゃいけねーってことはないと思うけどよ」

「あー、ちょっと、落ち着けるところで今後のことでも考えようかと」

「ああ、だったらちょうどいいな。お前その手足を引っ込められるなら、隅で宝箱になっとけよ」

ん？　まあよくわかんないけど、そういうことなら。

擬態のスキルを使おうと考える。

それだけで、私は一番初めの状態、普通の宝箱の姿になった。

足に履いていたハイヒールもそのまま収納されたようなので、また手足ありに戻れば、履いている状態になるはずだ。

「冒険者は部屋に入る前に天井を確認するんだ。で、俺を見つけたらわざわざ部屋には入ってこない。だから俺はこれまで生きてこられたってわけだ」

なるほど。初心者ツアーとかあって、ガイドがいるぐらいなんだから、基本的な対策は共有しているんだろう。

けど、微妙なところだなー。スライムトラップがあるとわかってても、宝箱を見つけたら入り込んでくる奴もいるかもしんないし。

ま、手足の生えた宝箱なんていう奇天烈な格好のままいるよりはましかもしんないか。

「あの、スラタロー先輩。この後どうしたらいいと思います？」

「んー、そうだな。俺とお前じゃ事情が違うし、生き延びるための方法も違うだろうしなー」

そうだよねー。こんな漠然とした質問されても困るよね。

なのでもっと具体的なことを聞いていこう。

「五日間生き延びろってことなんですけど、五日経ったらどうなるんですか？」

「シーズンオフになるな。ここのダンジョンは五日営業して二日休みだ」

「週休二日制なんだ……」

思ってたよりホワイトだった。二十四時間営業っぽいけどな！

「シーズンオフの間にダンジョンの再構築が行われるから、冒険者も撤退するし、俺たちはその間はのんびりとすごせるわけだ」

「今が何日目とかってわかります？」

「まだ一日も経ってないぞ。シーズン開始から八時間過ぎたぐらいだ」

げっ。まだ八時間！　一日の三分の一？

「あの、どうやったら時間がわかるんですか？　知る方法がなくて困ってたんですけど」

「時計を見たらわかるだろ？　ああ、産まれたてなら持ってないか」

んんん？　時計？　見たところスラタロー先輩も持ってないよね？

「ポイントで買えるんだ。時計のプラグインを買うとステータス画面に表示されるようになるぜ」

「おお！　そんな方法が！　けどポイントって？」

「ポイントは給料みたいなもんだな。シーズンを生き抜けばもらえるし、冒険者を倒すとボーナス報酬としてももらえる。けど、振り込まれるのはシーズンが終わってからだ」

「それはいいことを聞きました。そっかー買い物ができるのかー」

なんだかわくわくしてきた。

状況はなんにも変わってないんだけど、そういう楽しみがあると思えばちょっとはがんばれる気がする。

「ま、買い物は俺らにとって数少ない楽しみではあるな。他にも聞きたいことはあるか？」

「んー、そうですね。爆裂脚ってスキルを覚えたんですけど、何かご存じですか？」

「それは知らねーなー。それが人間からもらった装備で増えたってやつか？」

「そうなんですよ。あ、あと、これ装備しても攻撃力とか上がらないもんなんですか？」

「それ足装備だろ？　カテゴリーが防具だからな。基本的に上がるのは防御力だな。足なら移動力に補正があったりもするかな」

なるほど。蹴りの威力、つまり攻撃力は上がらないってことか。

爆裂脚はまだ詳細がわからないし、不安な面はあるなー。

防御力ってどれぐらい上がってるんだろうか。

「アイテムの詳細ステータスを見るにはプラグインが必要だな。鑑定屋でも見てもらえるが、なんにせよポイントは必要だ」

ポイントかー。となると、冒険者は倒していったほうがいいのかな。

「ま、どういうことかはわかんねーけど、手足があるってのは有利だな。防具が装備できるし、武器も持てる。俺なんかは装備できる部位がないからなー」

うん。スラタロー先輩、どこが頭かすらわかんないからね。

「あの、ここで匿《かくま》ってもらうってありですかね？」

「俺は別にかまわないけど……ここが安全ってわけでもないぞ？　部屋に入って、俺に気付いて、天井にいる奴を攻撃するなんてめんどくさい。と、これまではたまたまそんな奴ばかりだったってだけだ。俺、動きすっとろいし、炎魔法の一発でも撃たれたらそれでおしまいだしな」

それに、宝箱の私がいれば、冒険者が踏み込んでくる可能性は上がってしまうだろう。スラタロー先輩に迷惑をかけるのもどうかと思うし。

それにまあ、せっかく外に出られるようになったのだ。これから先、どれぐらい生きられるのかもわからないし、閉じこもっているのももったいないだろうとも思う。

ま、それはそれとして、落ち着いて今後のことを考えるためにやってきたのだから、今のうちに今後の方針を決めてしまおう。

「うーん、まずは地下一階の構造を把握したりですかねー」

「ワンダリングモンスターとしてやっていくなら必要だろうな」

「ちなみにスラタロー先輩は、外のことは？」

「出たことないからわかんねーな。ここへの出入りはダンジョンキーパーまかせだし」

地下一階まで連れてきてくれたおっさんはダンジョンキーパーっていうようだ。

シーズン終了時には回収にも来てくれるらしい。

「あとは、戦う練習とかですかね。爆裂脚とかよくわかんないですし」

「うーん、戦闘すんのはおすすめしねーけどな。地下一階だとノルマとかないし、生き延びたいだけなら逃げに徹したほうがいいと思うぜ。基本的に、俺たちモンスターは準備万端の冒険者には勝てねーんだ。生き残るのはよほど運がいいか、レベル差をものともしない、戦闘センスの持ち主だけだからよ」

うん。まあ、私に戦闘センスとやらがあるとは思えないけど、せっかく手に入れた深紅の薔薇だ。せいぜい有効活用させてもらおうじゃないか。

「さてと。じゃあ、ちょっと外を探検してきますね」

手足を生やして立ち上がる。

最初と違って、かなりスムーズに手足あり形態に移行できた。

「おう。また来いよ。時間ぐらいならいつでも教えてやる」

「はい、ありがとうございます！」

玄室から出てあたりをうかがう。幸い近くに冒険者はいないようだ。

なので、さっそく移動の練習をしてみよう。

さっきは制御しきれなかったけど、使いこなせればいろんな場面で役に立つはず。

ということで早速ダッシュだ！


どかん！


「いててて……」

あ、あれ？　また天井にぶつかったんだけど。かなり手加減したつもりなんだけどなー。

「これはあれか、もしかして」

ステータスを確認してみる。

名前：ハルミ
種族：ミミック
性別：女
レベル：10
天恵：美人薄命
加護：なし
スキル：

・擬態（宝箱、宝箱改）
・言語（無機物系＋2、人間）
・収納
・爆裂脚（※深紅の薔薇装備時限定）
装備アイテム：
　足：深紅の薔薇

おお！　レベルが上がってた！

6話　探索

レベル10である。

なるほど。初心者ツアーをまとめて倒したからどかっと上がったんだろう。

けど、レベル10とか言ってた奴らを二十人以上倒したはずなのに、こんなもんなんだろうか？

うーん、基準がわからん。もっと上がっていいような気もするんだけど、こんなもんだと言われたらこんなもんな気もするし。

最初に盗賊が仲間を殺した時には、私のレベルは上がってなかったんだけど、あれは私が倒してないからってことなんだろうか。

そのあたりも、スラタロー先輩に聞いておけばよかったかと思ったけど、すぐに戻るのもなんなのでそれはまた後でいいだろう。

「んー、ちょっと気になるのは、いてててて、ぐらいですむもんなのかってことなんだけど」

天井を見上げてみる。やはりヒビが入っていた。

でだ、天井は石材で、こっちは木製なのだ。天井にヒビが入る勢いでぶつかって、ちょっと痛いですむってどういうことなのか。

やっぱり防御力が上がってて、ものすごく頑丈になってる？

「じゃ、実験してみるかな」


どかん！


軽く、跳び上がる。今度は覚悟を決めて。するとたいして痛くはなかったのだ。

段々勢いを強めていって、フルパワーで激突しても、それほどでもない。

ということで、今度は水平方向への移動練習。なーに、壊れることは気にしなくていいんだから、ガンガンぶつかってしまえばいい。


ガン！　ガン！　ガン！


最初のうちは身体が浮き上がっていたけど、なれてくるとそこそこの速度で走ることができるようになった。

前傾姿勢で、重心を下に持ってくるのがコツみたい。

それに毎回全力を出す必要なんてないのだ。そこそこに、いい感じの速度で動けばいい。

状況に応じてゆっくりになったり、そこそこになったり、全力なったりすればいい。そう、緩急だよ。緩急が大事なんだよ！

と、まあ、なんとなくコツをつかんだところで、地下一階の探索を再開だ。

ダッシュ状態だと、周りがよく見えないし疲れるので、まずはてくてくと歩く。

てくてく。てくてく。

ダンジョンってのが全部同じなのかはわかんないけど、ここはけっこうきっちりと規格が決められているみたいだ。

私が最初にいた玄室の大きさが5メートル四方ぐらいで、それが最小サイズのブロックってことらしい。

通路もブロックごとに微妙にラインが入っているので、それとわかる。

距離とか場所はこの単位で把握できそうなので便利だ。

「つか、ブロックごとになんかあるね」

床をよく見てみれば、ブロックごとに小さな金属製のプレートが埋め込まれていた。

Ｅ９Ｎ12といった文字が彫り込まれている。一つブロックを移動すると、Ｅ９Ｎ13だ。

なるほど。座標らしい。素直に考えれば、北に1ブロック移動したってことなんだろう。

「ということは、基準点はＥ０Ｎ０かな？　とりあえずそっち行ってみるかー」

てくてく。てくてく。

そう複雑な構造でもないので、プレートを見ながら南のほうへと移動すれば、Ｅ０Ｎ０のあたりまで辿りつくのは簡単だった。

近づくにつれて、がやがやとしたざわめきっていうか、騒音っていうかが大きくなっていく。

なんか、やばい気がしてきたので、角からそっと向こうを覗き見た。

こんな場合に視点位置の変更は便利なのだ。身体から30センチ程度が限界だけど、視点は好きな場所に設定できるので、身体を晒さずに覗き見ができる。

うじゃうじゃぞろぞろ。

そこは4×4ブロックの広場で、冒険者が山のようにいた。

上に向かう階段が見えるので、そこがダンジョンの出入り口なんだろう。

ここでいろいろと準備してから、ダンジョンに挑むって感じなんだろうか。

つーか、屋台みたいなのまであって、お祭りみたいになってんだけど。

「んー、けど地下一階にはそんなに冒険者はいなかったような」

こんなにぞろぞろいるなら地下一階は大渋滞になりそうなもんだけど、スラタロー先輩の部屋を出てからここまでは、冒険者に出くわしていないのだ。

どうやら、ほとんどのみなさんは、東方面に向かっているようだった。そちらに行って、そちらから帰ってくる冒険者がほとんどなのだ。あ、今私は北側の通路から覗いてるんだけど。

なんとなくだけど、そちらに行く人たちは、装備とか豪華っぽいし上級者って感じがする。なので、そっちは上級者コースということかもしれない。

「うーん。解析だっけ？　それが使えたら、私も弱そうな奴を見極められるんだけどなぁ」

まあ、モンスターはダンジョンの外に出たら死ぬとか言ってたし、私がそっちに行く必要はないかな。

なので、私はこっそりと道を引き返した。

とりあえず南西方面には近づかないってことで、反対側に行ってみよう。まずは北へ行けるだけ行ってみようか。それで、このダンジョンの規模がわかるかもしれないし。

てくてく。

と、何度か角を曲がると、突然目の前に黒いもやがあらわれた。

「なんだこれ？」

恐る恐る手を伸ばす。特になんの感触もないし、手が汚れるなんてこともない。

うーん、これはこのまま進むべきだろうか。道は続いてると思うんだよね。

ま、ものは試しってことで踏み込んでみる。

うわ、まっくらだ。前後左右全てが闇。なんにも見えない。

ちょっとびびって引き返す。また見えるようになった。

よし、とりあえず前に進もう。

もう一度闇に突っ込む。まっくらの中をそのまま進むと、すぐに明るくなった。

今のは1ブロックぶんだと思うので、このくらやみゾーンもブロック単位で存在するらしい。

そして、1ブロック先にはまたくらやみゾーンが広がっていた。

まあ、こんな場所もあるってことで、ずんずんと突き進む。

明るい。暗い。明るい。暗い。

交互にあらわれる。なんだこれ、と思っていたら急に誰かがあらわれた。

「ぶひーっ！」

「ぎゃぁあああ！」

思わず叫んじゃったけど、よく見たらどこかで見た顔だ。

武装した豚人間っていうのかな。ピンク色の丸々とした感じで、オークっていうんだよ。たしか説明会にいたと思う。それが五匹。

オークさんたちも、闇の中から私が出てくるとは思ってなかったみたいで無茶苦茶驚いている。けど、すぐにモンスターだと気付いたようだ。

「こんにちは」

「ぶひぶひぶひ！」

うん、話通じねー。

これ、どうにかならんのだろうか。このダンジョンには仲間がいっぱいいるというのに、これはちょっと寂しい。

「ま、まあ、そっちもがんばってください！」

「ぶひ！」

手を上げてみる。向こうも同じように手を上げたので、激励の意図は伝わった気がする。うん。

あー、けど、くらやみゾーンの出入りは気を付けないとね。いきなり冒険者と鉢合わせってパターンもあるだろ、これ。

豚さんの横を通り過ぎてさらに北へ。

「ぷぎゃー！」

少し進んだところで、豚さんの叫び声が聞こえてきて、何事かと振り向いた。

冒険者がいた。

前衛に戦士が三人。後衛に盗賊、僧侶、魔法使いという構成のパーティ。

戦士三人の一斉攻撃で、豚さんは一気に三匹倒されていた。

「ま、レベル5のオークなら楽勝だよな」

「気を抜くなよ。俺たちはまだまだ初心者ということを忘れるな」

「先制攻撃で、三匹倒してんだぜ、残り二匹、いや、三匹？」

あ、私も数に入ってるっぽい。

そして、豚さん残り二匹もさっくりとやられてしまった。

スラタロー先輩の言うとおりらしい。地下一階に配置されたモンスターでは、冒険者たちにはとてもかなわないのだ。

「で、あれなんだ？　ミミック？　ま、レベル10が一匹なら余裕だろ」

冒険者たちが一斉に私を見る。またもや解析されてしまったようだけど、さらっと解析するのが冒険者の常識なのかな。

さて。

逃げるのは簡単だ。

けど、さっきちょっとすれ違っただけの豚さんだけど、激励しあった仲なのだ。殺されたとあっては仇を討たねばなるまい！

というのは、いいかっこしすぎかな。要はちょっとばかり実験につきあえよ、おら！　ってことだった。

戦士たちが盾を構えながら歩いてくる。

一匹相手に三人がかりとは慎重なことだ。

さて実験その1。

「うりゃあああ！」

全力で床を蹴る。

一瞬で天井にぶつかるけどこれは覚悟ずみ。

そして、天井を蹴って、戦士目がけて、急落下！


ぐちゃり！


まずは一人目を叩きつぶした。

ははは！　宝箱の角にぶつかって死ね！

そうだね、この技は、ミミックメテオとでも名付けようか。

「な！」

冒険者たちが目を見張っている。私は、ゆらりと立ち上がって、近くにいる戦士に近づいていった。

「この！」

　戦士が剣を振り下ろす。


　ガキン！


　実験その2。

　ちょっと危ないけど、どの程度攻撃に耐えられるのかを試したかったのだ。

　そして、この初心者戦士程度の攻撃なら、まったく効かないことが判明した。

　そらそうだよね。人間を叩きつぶしても傷一つ付かない宝箱なんだから。

「なんなんだよ、こいつ！」

　おーおー、慌ててる、慌ててる。

　そりゃ、ミミックごときと舐めまくってて、攻撃がまったく通用しなかったら焦るよね。

　次に実験3。

　爆裂脚を使いたいんだけど、ちょっと考えてることがあるので、前衛と後衛の間に割って入る。

　そして軽く体当たり。盾を構えていようとかまわない。一人ばかり、他の奴らから引き離したいだけなのだ。

　戦士の一人を突き放して、距離をとって、そして。

「爆裂脚！」

蹴りを喰らわせた。

さて。前回と同じなら……。


どかん！


戦士が爆裂した。

爆裂まででは五秒ぐらいってところかな。

なんとなくだけど、蹴ったところを中心に爆発してる気はする。まあ、ほとんど木っ端微塵なので、そのあたりはよくわかんないんだけど。

「う、うわああああああ！」

残り四人が逃げ出した。やってきたほう、くらやみゾーンへと駆け込んでいく。

まあ、そらね。仲間がいきなり爆発したら、なりふりかまわず逃げるよね。


ばひゅん！


私は、ダッシュでくらやみゾーンを一気に駆け抜ける。

「な！　なんで！」

冒険者が私を見て、驚愕に固まっていた。

逃げられたと思ったのに、くらやみゾーンを抜けた先に私がいたからだ。

そう。先回りしたのだ！

「はははははっ！　知らなかったの？　ミミックからは、逃げられない！」

と、まあ。お遊びはこれぐらいにしておいて。

「爆裂脚！」

先頭にいた戦士に近づいて蹴る。

そして離れる。

で、五秒。


どかん！


戦士が爆発した。

近くにいた盗賊も、爆発した戦士の破片で大ダメージ。

そしてさらに五秒。


どかどかん！

残りの盗賊、僧侶、魔法使いも一気に爆裂した。

うん。爆裂は連鎖するっぽい。離れてる奴は一人で爆裂したから、連鎖が有効な距離があるのかな。

玄室を出てからずっとなんか変なテンションになってたけど、冷静になってみるとあれだ。

私、むちゃくちゃ強いんじゃない？

7話　ミミック無双

それで十分な威力になるのだ。


「ミミックミサイル！」

「ぼげぇ！」

初心者戦士のどてっぱらに、喰らわせる。

まあ、ただの体当たりだけどな！

ミミックミサイルは、ただ突っ込むだけの技ともいえない技だけど、すごいスピードなので、そ
れだけで十分な威力になるのだ。

「な！　なんだ！」

突然の私の襲撃に、冒険者たちが慌てている。ふむ、定番の六人パーティか。

ならとりあえず前衛を片付けてしまおう。

「ミミックピンボール！」

床、壁、天井。適当に突進して、ぶつかって方向転換しながら、むちゃくちゃに暴れ回るという、
これも、お前何も考えてねーだろ、っていう単純な技だけど、効果は絶大だ。

あっという間に前衛の戦士はミンチ状態になっていた。

後衛は、魔法使い二人に、僧侶が一人。すっかりびびっているようだ。

「へいへい！　魔法うってきなー！」

手をくいくいって手招きして挑発する。言葉は通じなくても、ジェスチャーなら伝わるだろう。

「こ、この！　ファイアボール！」

魔法使いが呪文を唱える。

杖の先に炎球が生み出され、一拍おいてこちらに飛んできた。


ぼかん！


直撃。

なるほど。どんな魔法かは、呪文だとか、杖の先の状態とかでわかるけど、発射された魔法は速すぎてとてもじゃないけど避けられないみたいだ。

ま、平気だったけどね。

そう、魔法に耐えられるかも試してみたかったのだ。

「そんな！」

魔法使いが信じられないって顔をしている。

さて。じゃあ、お前らも私の経験値になるがいい！

「爆裂脚！」

一気に飛び込んで、蹴る。

蹴り自体は、魔法使いでも耐えられる程度の代物だ。

けれど。


どっかーん！


五秒後、魔法使いは爆裂し、パーティは全滅した。

ま、楽勝だね。

さて。レベルはどうなったかな？

装備だのみなところは、ちょっと不安はあるけど、使えるものは使っていこうじゃないか。

お、11だ。

この調子で冒険者狩りをやっていこう！

＊＊＊＊＊

「通りすがり爆裂脚！」

どっかーん！

これは、たまたま見かけた冒険者に跳び蹴りを喰らわして通り過ぎる技だ。

やられるほうからするともうちょっとまともに相手にしてくれと不満が出てきそうだけど、地下一階の初心者冒険者なんてもう敵じゃないので、いちいち相手になんかしてられないのだ。

とりあえず、お前らはさくさくと経験値になるがいい！

さて、レベルはどんな感じかな。

と、ステータスを確認すると12だった。

うーん、しばらく前に12になってから、全然上がる気配がない。

そこそこ倒してはいるんだけどなー。

初心者をいくら倒してもこの辺が限界なんだろうか。

それに、探し回っても、あんまり冒険者を見かけないんだよね。

どうしたものか。

あ、そうそう。地下一階をいろいろと回った感じ、ここの大きさはだいたい20×20ブロックぐらいかな。というのが判明した。１ブロックが５メートルなので、１００メートル四方ぐらいなんだと思う。

ま、ここの敵が物足りないなら、下に行くしかないのかな。

と、いうことで、階段を探してみよう。

これまで下に降りる階段は見かけなかったので、探索を避けていたダンジョン入り口から東方面にあるのだろう。

入り口あたりには冒険者がたむろしているのが気になるけど、ま、どうにかなるだろう。てくてくと歩いて、再びＥ０Ｎ０付近へ。

再び北側の通路から様子を窺った。

出入り口はＥ０Ｎ０にある階段で、その周囲は４×４ブロックの広場になっている。

外周部分には屋台が並んでいて、いろいろと売っているようだ。

食べ物屋さんが多いかな。冒険に必要なアイテムなんかもあるんだろうか。

冒険者たちは、準備に余念がないようだ。装備を点検したり、作戦を決めたりと最終確認をしているみたい。

その始まりの広場みたいなところの安全性を、彼らはすっかり信じ切っているようだった。

一応、周辺を警戒している人たちもいるみたいだけど、たまにやってくる地下一階の弱小モンスターを相手にしているだけなせいか、緊張感みたいなものがまるでない。

あれか。平和ボケってやつか。ならツッコんでやるしかないな。平和ツッコミだな。

もしかしたら、私は調子に乗ってるだけなのかもしれない。分不相応な装備の力を、自分の力だと勘違いしているだけ。

けど、私もモンスターということなのか、戦闘本能のようなものがある。

たとえかなわなくても、少しでもダメージを与えて冒険者の邪魔をしてやろうと考える傾向があるのだ。ま、まったくかなわないなら戦うことに意味がないから逃げることもあるけどね。

ということで。

「ミミックミサイル！」

まずは全力で突っ込む。

「通りすがり爆裂脚！」

広場の入り口にいる見張りに跳び蹴りを喰らわせながら内部に侵入。

「爆裂脚！」

手近なところにいる冒険者を蹴る。戦闘準備ができていないようだけど、そんなもんそっちが悪い。ダンジョンなめてんの？

「爆裂脚！　爆裂脚！　爆裂脚！」

ダッシュ、蹴り！　ダッシュ、蹴り！　ダッシュ、蹴り！

とにかく態勢が整うまでが勝負！　手当たり次第に蹴りまくる。

蹴りに蹴りまくって、東側通路へと抜ける。


どかどかどかどかどかーん！


背後からすさまじい爆発音が聞こえてきた。

かなり蹴ったからなー。大分重複して爆発してるんじゃなかろうか。

振り向くと、広場は真っ赤に染まっていた。

うん。どの程度の実力の奴らだったかは知らないけど、まあ楽勝で――うん？

真っ赤な血だまりの中に蠢く何かがいたのだ。

生きてる？

どうしよう。逃げる？

いや、なんか弱ってるっぽいし、とりあえず近づいて様子を見てみよう。

てくてく。

戦士のおっさんだった。下半身は吹っ飛んでて、右半身もぼろぼろだけど、左側が大分残っている。頭部は無傷。

兜と盾が頑丈だったのかな。

でも防御の仕組みがよくわかんないんだよなー。ほら、私の場合は足装備の防御力が全身に及んでるわけじゃない。だとすると、防御力って、全身で同じってことになるような。

「くそっ……なんなんだ……お前は……」

「通りすがりのミミックですが、なにか？」

まあ、こっちの言葉は伝わらないんだけどね。

「か、回復……いや、転移が先か……」

ん？　転移？

おっさんの左手に、何やら光る物があらわれる。

宝石かな？　と、思った瞬間に、それが閃光を放った。

「うぉっ、まぶし！」

目がくらむ。

視力が回復すると、おっさんはいなくなっていた。

あー、目がなくても、眩しいとかはあるんだー。ということは、目くらましの類も私に効果があるってことだよね。気を付けないと。

って、逃げられたじゃん！

転移かー。そういうのもあるんだなー。

ま、皆殺しが目的だったわけでもないし、いいか。

さてと。あたりを見回す。屋台には手を出していないので、そのまま残っていた。

近づいて、商品を見てみる。

「ひっ！」

店員のお姉さんがひきつった顔をしている。冒険者じゃないのかな。殺しても経験値にならない予感。

肉の塊をパンに挟んだ物を売っているお店だ。

どうなんだろ、こういうの食べられるのかな。

そこで初めて気付いた。

「私の主食ってなんなんだ？」

ここまで何も食べてないし、空腹を感じたこともない。人間を見ても倒そうとは思っても、食べたいとは思わなかった。

まあ、ワードッグとかオークとかは普通にご飯食べてそうだけど、私ミミックだしなー。食い物いらんと言われたら、そうかとも思うし。

「まあ、ものは試し。これください」

と、言ったところで話は通じないので、手を伸ばしてパンを取る。

そのまま宝箱の中に放り込むと収納扱いになる気がしたので、蓋を開けてばくりとパンをかじってみた。

うん。おいしい。味覚はあるし、食べられないってわけじゃない。

ま、牙も舌もあるしなー。

「ごちそうさま」

他の店も見てみよう。

防具屋とか武器屋とか道具屋とか。冒険に必要そうなものを売っているところが多いかな。

けど、どれがどんな機能なのか、全然わかんないなー。このあたりも、鑑定系のスキルがあればわかるのかな。

ま、何か使えるかもしれないし、とりあえずもらっておこうか。

それぞれの店から適当に取って、口の中に放り込んでいく。これは食事じゃなくて収納ね。

アイテム漁りを終えたので、本来の目的であった、東側の探索に向かう。

少し行くとエレベーターがあった。

この階層に来るときに使ったやつだ。
ふむ。地下一階だと楽勝だし、下に行ってみようかな。
そう思ってエレベーターに向かう。

ばちん！

すると、何かに弾き返された。
え？　なんだこれ？
そっと手を伸ばす。

ばちん！

やっぱりだ。エレベーターの手前に、何かある。見えない壁？
どうやら私にはエレベーターが使えないらしい。
うーん。来るときには使えたんだけど、私だけだと使えないのかな。
ま、使えないものは仕方がないので、先に進む。
てくてく。てくてく。
しばらく探索していると、２×２ブロックの大きな部屋に出た。

おっきな豚さんがいた。

鎧とかマントとかを着ていて、普通のオークよりはちょっと偉そうだ。

ははあ、地下一階のボスってところかな。奥には下に向かう階段もある。

「こんにちは！」

「ぶひぶひぶひ！」

手を上げると、同じようにボスオークさんも手を上げた。気さくに応えてくれるので悪い人じゃなさそう。

そのままとことこと歩いて、階段へ。

この階段も使えなかった。ここにもエレベーターと同じで見えない壁があるのだ。

「やっぱ、下には行けないんですかね？」

「ぶひぶひ」

ボスオークさんは、ゆっくり首を振っていた。

うん、何言ってるかはわかんないけど、そのとおりだ、と言ってる気がする。

さて。

これで地下一階は全て探索できた。

で、私はこの地下一階からは出られないということがわかってしまった。

とりあえず、最初のシーズンはここでがんばるしかないらしい。

始まりの広場へと戻る。

屋台の人たちはいなくなっていた。

外に出たら死ぬってことだけど、とりあえず上への階段も確認してみる。

やはり、ここにも見えない壁だ。

ま、私は地下一階モンスターなわけだし、その職務をまっとうしようじゃありませんか。

「な！　なんだこれ！」

と、階段から誰かが下りてきた。

冒険者だ。広場の惨状を見て固まっている。

「爆裂脚！」


どかどかーん！


うん。

ここで、冒険者がやってくるのを待ってるのが一番効率的じゃない？

8話　SIDE：アルドラ迷宮評議会

アルドラ迷宮評議会は、その名のとおりアルドラ迷宮に関しての相談を行う議会だ。

アルドラ迷宮近隣都市の冒険者ギルドに本部があり、アルドラ迷宮を主な探索場所とする冒険者たちが議席を持っている。

「ふざけるなよ!?　何がお得なアイテム取得率二倍キャンペーンだ！」

評議会の会議室。

テーブルに拳を激しく叩きつけるのは、評議会議長のヴァルターという老人だった。

その隣に一人ずつ、計三人が並んでいて、向かいには席に座らずに立っている女がいる。

「ふざけるな、って言われてもねー。宝箱はあからさまに多くなってるし、体感できるレベルで取得率は上がってるはず！　今回は、各種レアアイテムを取りそろえてるし、みんなはりきって来てくれたらなー、って思ってるんだけど？」

女は、アルドラ迷宮で地下十階ボスをやっているマリニー。蜘蛛女《アラクネ》だ。豪華なドレスを着ていて、腰の部分から大きく広がっているスカートで下半身を隠していた。

ちなみに、迷宮にいるときは裸である。人間の前に出てくるときは、人間側の常識に合わせてやっているのだ。

彼女が人間との連絡役をやっているのは、こうやって下半身を隠してしまえば、かろうじて人間に見えるからだった。

そんなモンスターである彼女がこんな場所にいるのは、彼女もこの評議会の一員だからだ。

「地下一階の死亡率がどうなっていると思っている！　シーズン開始から二日で54％だ！　おかしいだろうが！　普通ならシーズンを通しても1％以下だぞ？　明らかな異常事態だ！　どう落とし前をつけるつもりだ！　ええ!?」

急に呼び出されて来てみれば、最初から喧嘩腰の様子。

何事かとマリニーは思っていたのだが、合点がいった。確かにそんなことになっていれば文句の一つもつけたくなるだろう。

基本的にマリニーの仕事はシーズンごとのモンスター配置を考えるところまでだ。

その結果はシーズン後に、レポートを確認することで把握することになっている。それを見て、次シーズンのモンスター配置を検討するというサイクルだ。

つまり、現時点の地下一階の様子などマリニーの知ったことではなかったのだ。

「うーん、そう言われてもねー。今シーズンのモンスター分布は渡したとおりだし、それを見て挑むかどうか決めるのはあなたたちだし、自己責任ってやつじゃない？」

マリニーは、地下一階から十階までのモンスター設定を行っている。

中ボスの基本業務だ。モンスターをうまく配置し、いかに冒険者の死亡率を想定の範囲内に収められるかが腕の見せ所だった。

単純に難しくするだけなら簡単だが、それでは冒険者がやってこなくなる。

いかに射幸心を煽《あお》り、俺だけはうまくやれると、各冒険者に錯覚させる絶妙な難易度に設定できるかが重要なのだ。

なので、地下一階で全滅させてしまうようなことは好ましくなかった。

それに地下一階をうろうろしている初心者など、いくら殺したところでうまみがない。

初心者にはそこそこの成功体験を与え、美味しく育ったところで奥へとひきずりこんで殺す。これこそが、ダンジョン運営の王道というものだった。

「あげくの果てにキャンプまで全滅させるとはどういう了見だ！」

「んーと、別にキャンプが安全地帯ってわけでもないよね？」

それはまずいなあ、と思いながらもマリニーはあえてそう口にした。

「なんだと！」

もちろんダンジョン入り口にキャンプが作られていて、いろいろと便利に使われているのはマリニーも知っているし、あえて潰そうとは思わない。

だが、それは慣習的にそうなっているというだけであり、協定のようなものがあるわけではないのだ。

ダンジョン側は、モンスター分布や、アイテムの出現率などのスペックシートを公開し、それを遵守する。約束できるのはそれだけだ。

もちろん、地下一階には誰でも倒せるような弱いモンスターしか配置していない。地下一階から全滅必至なダンジョンなど、よほどの物好きしかやってこないからで、そんなことではダンジョン運営は成り立たないからだ。

「あー、お怒りはごもっともなんですけどー。こっちも、なんでそんなことになってるのかは、わかんないんだよね。考えられるのは、突然変異でとんでもないのが産まれちゃった、とかだけどー。でも、そこは織り込みずみだよね？」

地下一階のモンスターは弱いし、冒険者は研修を受けた上で、装備を調え、徒党を組んでやってくる。

普通なら死亡率はかぎりなく0％に近くなるだろう。1％でも多いのだ。

それでも1％の死亡を見込んでいるのは、レベルの数値だけでは計りきれない、異常ともいえる戦闘力を持つモンスターがごくまれに発生するからだ。

突然変異種かどうかは実戦投入してみるまでわからず、計算に入れることができない。

だが、その突然変異種がいくら強くても、54％の死亡率は明らかに異常だった。

「とにかく厳重に抗議する！　早急にどうにかしろ！」

「まあ、そういうことだったら、こちらでも調べますけど。でも、シーズン終了でモンスターは配置転換になるからさ、それまで待ってもいいんじゃない？」

「いいか？　解決に至らないなら、勇者の投入も視野に入れているんだからな！　地方都市だからできないとでも思っているなら大間違いだぞ！」

「あははは一、勇者さんですか一……人間風情が。そう言えばイモを引くとでも思っているのか？」

「な」

途端に変わったマリニーの声音に、ヴァルターが怯《ひる》む。

「まあ、そうだね。勇者さんに挑んでいただけるなら、うちのダンジョンにも箔がつくってもんだね」

だがそれも一瞬のこと。すぐにマリニーはいつもの呑気な調子に戻った。

「お、お前！　わかっているのか！　勇者だぞ！　お前らのごとき、小規模ダンジョンなどひとたまりもないぞ！」

「まあ、ご要望は承りましたので、今回はこれで失礼するね。当方はダンジョンですから、どなたの挑戦でもウェルカムなのですよ一」

そう言ってマリニーはテーブルを離れた。

建物を出て、街中を歩き、迷宮へと戻っていく。

喧嘩を売られたようなので買ってはみたものの、何がなんだかマリニーにはさっぱりわかっていなかった。

「勇者か一。本当に来たらアルドラ様、怒るかな一」

今後どうなるにしろ、どうするにしろ、まずは何が起こっているのかを確認しなければならない。

マリニーは、アルドラ迷宮の地下一階へ行くことにした。

＊＊＊＊＊

「どう思う？」

マリニーが出ていき、ヴァルターは右隣に座っている眼鏡をかけた男、商人のサトーに聞いた。

「あの方はいつもあんな感じですから真意はわかりづらいんですが……まあ、とぼけてるって印象じゃなかったですね。で、勇者を投入ですか？　どこにそんな予算が？　誰が出すっていうんです？」

サトーは呆れた様子だった。

「無茶苦茶なことをやってきたのはあいつらのほうだろうが！　大丈夫だ。予算のあてならある。全滅した初心者ツアーにさる貴族の子息がいてだな。そいつを焚き付ければ」

「議長。勇者といってもピンからキリまでいますよ？　そもそも勇者へのコネはあるんですか？」

「……」

「ないんですか！　ないのに、勇者だなんだって煽ってたんですか！」

「し、仕方ないだろう！　ダンジョンを滅ぼすってなると、勇者ぐらいしか思いつかんだろうが！」

「滅ぼしてどうすんですか！　ダンジョンからは絞れるだけ絞りとるのが定石じゃないですか。持ちつ持たれつですよ。だいたい、アルドラ迷宮が滅んだ後のビジョンて何かあるんですか？　うちの街、アルドラ迷宮の資源《リソース》で成り立ってるようなもんですよね？」

「……」

「それもないのかよ！」

「とりあえず、今わかっていることを整理しておいたほうがいいだろう」

サトーが呆れていると、ヴァルターの左隣に座っている戦士、バイソンが重々しく言った。

「まず、地下一階における大量死の原因だが、ミミックだ」

「ミミックってあれですよね？　宝箱のふりをしている？」

「馬鹿な！　あんなもの、ミスったところでちょっと噛まれて、それだけのもんだろう！」

「信じがたい話ではあるのだが、生還した銀級冒険者のヨハンの証言だ。奴は信頼できる」

なんでもヨハンは全身のほとんどを失いながらも、ギリギリのところで転移して地上へ戻ってきたとのことだった。

「それで、そのミミックなんだが、脚が生えていたそうだ」

「ミミックにか？　冗談だろう」

「冗談ではない。ヨハンの証言だ。奴は信頼できる」

「まあいい。脚が生えているのはわかったが、そんなことは、大量死の説明にはならんだろう？」

「そして、赤いハイヒールを履いている」

「……なぁ？　ふざけているのか？」

「ふざけてはいない。ヨハンの証言だ。奴は信頼できる」

「あんた、どんだけヨハンを信頼してんだよ！」

サトーがツッコんだ。眼鏡をかけて真面目ぶった顔をしているが、そういう気質《たち》らしい。

「そして、問題はそのハイヒールだ。これだ」

そう言って、バイソンが懐から紙を取り出した。

そこには、鉛筆画でハイヒールが描かれている。実物が目の前にあるかのごとき精密さだった。

「これは……薔薇をモチーフにした……しかしすごい絵ですが、わざわざ誰かに描かせたんでしょう？　ここまで写実的ですと、逆に不安ですよね。伝達の不備はないんですか？」

「直接見たヨハンが描いたのだ。奴は信頼できる」

「ヨハンすげぇな！」

「で、これの何が問題なんだ」

ヴァルターがしげしげと絵を見つめて言う。

「これは、深紅の薔薇と呼ばれるレジェンダリーアイテムだ。こんな代物がアルドラ迷宮程度の場所にあるはずがない。つまり、これは外部から持ち込まれたものだ」

「ん？　ということは……」

「ええ。もし本当なら、マリニーさんのあずかり知らないことだった可能性がありますね……」

「おい！　そういうことは先に伝えろ！　いや！　なんにしろダンジョン内のことならあいつらの監督範囲のことだろうが！　儂《わし》はまちがっとらんぞ！」

ヴァルターは勇み足だったのかと怖気をふるった。それが本当なら持ち込んだのは冒険者しかいない。

　つまり、責任は冒険者側にあり、この惨事が自業自得ということになってしまうのだ。

「それで、これはどんなアイテムなんですか？」

「まず、レジェンダリーアイテムの基本性能として、ずば抜けた防御性能を誇っている。実物を鑑定したわけではないので、正確な値はわからないが、最低でもこのぐらいの数値はあるそうだ」

　そう言って、バイソンがもう一枚の紙を出した。そこにはこんなことが書いてある。

防御力：５０００
最大ライフ：＋１００００％
全属性耐性：80％
物理耐性：80％
魔法耐性：80％
遠距離攻撃耐性：80％
近距離攻撃耐性：80％

「ん？　書き間違いではないのか？　防御力の桁がおかしくないかね？」

「レジェンドすぎんだろ！　％表記なんて初めて見たわ！」

「うむ。％表記による耐性だが、威力が１０００のファイアボールの魔法があったとしよう」

「ないけどな、そんな異常な威力のファイアボールは！」

「ファイアボールは、炎属性の魔法で遠距離攻撃だ。なので、全属性耐性で8割減衰して2000の威力となり、魔法耐性で400となり、遠距離攻撃耐性で、80となる。そして防御力5000で完全に防ぎきってしまうわけだな」

「無茶すぎて信じられるわけねーだろ！」

「しかもそれは最低限の数値だ。もっと大きな値の可能性もあるな。それよりも問題は、それが持つスキルだ。なんでも爆裂属性を付加するものらしい」

「そんな属性聞いたことねーよ！　炎とか水とか風とかならわかるよ？　でも爆裂ってなんなんだよ！」

「爆発して裂けることだな」

「言葉の意味聞いてんじゃないですよ！　つーか、こんなうさんくさいアイテムの情報をどっから仕入れたんですか！　レジェンダリーアイテムの情報なんて出回ってませんよね？」

「ヨハンが知っていた。奴は信頼できる」

「あんたヨハンに全幅の信頼おきすぎだろ！　もう、ヨハンをここに連れてこいよ！」

　地下一階対策には、まだしばらくの時間がかかるようだった。

9話　上司

やりすぎたのか、冒険者が来なくなりました！

てへぺろ！

うん、口が大きくて、舌も長いので、てへぺろやってみたら、すごい迫力だった。

自重しよう。あんまり可愛くないし。

そうそう。案外舌も器用に動くんだよね。

つか、手足がない状態だと、舌ぐらいしか有効に活用できる部位がなかったと思う。

まあ、こんだけ倒しまくってたら、さすがに冒険者も警戒して来なくなっちゃうよね。

転移して逃げちゃった人もいるから、私がここで暴れてることは知られてるんだと思う。

そう。誰でもってわけでもなさそうだけど、ベテランっぽい魔法使いは転移魔法を使えるみたいなんだよね。転移するアイテムもあるみたいだし。

そりゃそうだよね。緊急避難手段があるなら、絶対入手するよ。命かかってんだしさ。でも、持ってない人もいるってことは、案外お高いアイテムなのかも。

さて、今私は相変わらずダンジョンの入り口広場あたりにいる。

時間は三日目に突入してすぐぐらいで夜のはず。時間はスラタロー先輩に確認しているのだ。ここで冒険者狩りを繰り返し続けてるんだから、もう阿鼻叫喚の地獄絵図！　みたいなことになっていると思うだろうけど、広場は案外綺麗なままだった。

というのも、冒険者をやっつけてしばらくすると、清掃係の人たちがやってくるのだ。

私が最初にいた部屋に来た、ガーゴイルと、アンデッド・プリーストと、水の精霊の三人組。

いつも同じ顔ぶれだから、この階専任ってことかな。

すっとやってきて、文句も言わずに黙々と作業をして、さっと帰っていくあたりが職人気質って感じだ。

ま、さすがにやりすぎ感はあるので、取れない汚れとかも出てきてる気はする。

ほら、壁の染みが、怨念じみた人の顔に見えないこともないような……うん。たぶん気のせいだ！

「あ、でも、冒険者が死んで、お化けになって出てきたら、それってモンスター扱いなのかな？」

「中で死んだ冒険者は、身体から魂まで全て有効活用するから、ゴーストになる余地はないかなー」

と、私の独り言に応える声が聞こえてきた。

壁の染みに気を取られていた私が振り向くと、階段から下りてくる誰かの影が見える。

あれ？　私の言葉通じてるよね？　てことはモンスター？

階段から下りてきたのは裸の女の人で、その顔には見覚えがあった。

と、いうか、なんか気配がやばい。

これ、逆らえない系の人だって、本能でわかってしまう。

産まれてすぐの説明会で、説明ともいえない説明をしていた人。

地下十階のボス。蜘蛛女《アラクネ》のマリニーさんだ。つまり私の上司？

「あ、あの、こんばん――」

「うわ。なにこれ！　ミミック？　だよね？　なんで脚が？　なんでこんなところに？」

あれ？　もっときゃぴきゃぴした人かと思ってたんだけど、素で驚かれてない？　地味にショックなんだけど？

「ああ、ごめんごめん。ハルミちゃんだよねー。私、マリニーっていうんだけど覚えてるかなー？」

けど、気を取り直したのか、すぐ最初に聞いた調子に戻っていた。

頭を下げる。これでも自分が珍妙な姿をしている自覚はあるのだ。

「はい、その、こんなんですみません……」

「それはいいんだけど、なにがどうなって、外をうろついてるのか説明してほしいなー」

私は素直にこれまでの出来事をざっと説明した。

あ、マリニーさんが頭を抱えだした。

「んんん？　だったら、これ、こっちのせいじゃなくない？　クレーム付けられる筋合いなくない!?」

驚いたり、喜んだり、憤ったりと、マリニーさんの表情がくるくると変わる。

私はというとドッキドキである。

というのも、やりすぎだという自覚はあるのだ。

ダンジョンの入り口で冒険者が湧いてくるのを待ち構えて、根こそぎ狩っていくのはよろしくない、と言われたら、まあ、そうだよなぁ、と納得してしまうのである。

マリニーさんは、最初に会った時の様子からするとめんどくさがりっぽいのに、わざわざ地下一階までやってきて、私に説明を求めてるってのは、その、かなりギルティな、ヤバイ状況なんでは？

怒られちゃうのか？　もしかして、始末されちゃったりするのか？

いやね、こっちも言いたいことはあんのよ。

こっちはなんの説明もなしにここに放り出されてるわけで、それで文句言われてもなーという思いがあったりはするわけ。

けれども、そんなことはとても言いだせないような力関係なのだ。

それは私がいくら強くなったたって関係がない部分の話。

ほら、私、この階から出られないでしょ？　そういうなんでかわかんないけどそうなってるって部分は、この人がやってるんだってのが感覚的にわかるのだよ。

マリニーさんは、しばらく悩んでたんだけど、怯《おび》える私に気付いてにこりと微笑んだ。

「あ、ごめんね。ほったらかしにして。そりゃ急に私が来たら不安になるよね。大丈夫。安心して。

今回のことで、ハルミちゃんを責めるようなことは一切ないから」

「ホントですかー！」

「うん、大丈夫よー。ちゃんと仕事してる子に責任押しつけるようなことはしないからねー」

思わずへなりと座り込んでしまった。

緊張が解けると、虚脱感がはんぱない。

「で、考え込んでたのはね。確かに困ったことにはなってんの。どうしたもんかなーっと思って」

「その、差し支えなければ、聞かせてもらっても？」

「冒険者からクレームがきたの。それで会ってきたんだけど」

そういえば、マリニーさんは、外からやってきた。

てことは、ダンジョンの外に行ったってことだよね。

でも、モンスターは外に出られないって聞いたような。

「人間に会うって不思議だと思った？　基本的に人間は敵なんだけど、ダンジョンに挑んでくれる人がいなくなるのも困るから、そのあたりは相談しながらやってるの」

「それも不思議ではあるんですけど、モンスターは外に出られないって聞いたんですが」

「出られるよー。ダンジョン主の許可があれば。ここだとアルドラ様だねー」

ほうほう。つまり一生ここに閉じ込められっぱなしではないってことか。

いや、どうなんだろ。そう簡単に許可がもらえなかったりするのかな。

「ま、それで会ってきた理由だけど、地下一階の死亡率が上がりすぎてるから、どうにかしろってことだったのね」

「あー、それって、もろに私のせいですよね？」

見かけた冒険者はほぼやっつけたからなー。

「だね」

「あのー、もしかして、私、始末されちゃったりとか……」

急激に不安になってきた。

さっきは責めないって言ってたけど「でも、邪魔だから殺すね！」とかありえそうに思えたのだ。

だってさ、地下一階のモンスターはほとんど死ぬって、マリニーさんは言っていた。

それはつまり、私たちのことはどーでもいいって思ってるってわけで。

「まっさかー！　ハルミちゃんたちの仕事は冒険者をやっつけることだよ？　全然おっけぇだよ！」

マリニーさんはいい笑顔で、親指を立ててくれている。

おお！　いいんだ！　よかったぁ。

「ま、この場合、私がハルミちゃんを消しちゃうのが一番手っ取り早いんだけどね。それが一番丸くおさまるのは確か」

え？　ちょっと、なんか声のトーンが違う気がするんですけど!?

「けど、ただマジメに仕事をしてただけの子を、こっちの都合で始末するとか、私、そういう筋の通んないこと大っ嫌いなのよ」

目が怖いよ！　なんかマジになられると怖いから、チャラい感じでお願いしたい！

「あ、その、冒険者を殺すなってことならそうしますけど……」

「うーん、いまさら?」

「ですよねー、あ、では、このハイヒールをお渡しするとか……」

これさえなければ、私はただの弱小モンスターだ。

多少レベルが上がったとはいえ、冒険者の群れの前には為す術がない。

私が素の実力で戦って、死ぬ。

これなら筋が通ると言えば通る。いや、別に死にたいわけじゃないけどさ。

「そんなこと言わないよー。冒険者から得たアイテムは、その子のもんだよー」

あ、そういうことになってんのか。

かなりほっとした。取り上げられた時点でもう詰むしな！

「でも、私からは、ハルミちゃんには何もあげられないのね。それはルール違反になるから」

つまりこういうことだ。

階層ごとに存在するモンスターとその所持アイテムは予め決められていて、それをシーズン開始後に変更することができないのだ。

でも、モンスターが冒険者から装備を奪ったりするのはありってことらしい。

「そして、応援にくることもできないから……ハルミちゃんには一人でがんばってもらうことになるんだけど。でも、売られた喧嘩だし！　買わないのは女がすたるってもんよね！」

「えーと、話が見えないんですけど？」

喧嘩？　一人？

「ああ、言ってなかったかな？　たぶん、ハルミちゃん討伐部隊みたいなのがやってくるかなって」

「はい？」

「向こうもカンカンでさ。勇者を送り込むとか息巻いてたのよ。ま、たぶん勇者は来ないと思うんだけどねー。すっごい高いらしいから。けど、何かは来ると思う。喧嘩買っちゃったから」

「あのー、私はじゃあ、どうしたら？」

「がんばって！」

うっわぁ。すっごい雑な感じの応援だ。

「いや、その、それでいいんですか？　勇者とか来た場合、私が負けただけじゃすまないですよね？　だったら、私がさっさと始末されちゃったほうが……」

いや、始末されたくはないよ？

ないけどさ、一応、このダンジョンの一員としては、全体のことも考えるわけでさ。

勇者はヤバイ。

それは単独到達者のことであり、一人でダンジョンを全クリしちゃうようなバケモノだって、モンスターの本能で知ってしまっているのだ。

勇者が来たなら、私を倒しただけで満足して帰るなんてあるんだろうか。

ついでとばかりに、このダンジョンの奥のほうにまで手を伸ばしたりとか。そんなことを考えてしまう。

「それはないから。たとえ、それで滅びるとしても、舐められるわけにはいかないから」

あ、なんか、思ってたより、武闘派でした。ここ。

10話　準備

「と、まあこんなことがあったんですよ」

「とんでもねーことになってんな！」

驚いているのはスラタロー先輩。

マリニーさんと別れてすぐに、玄室にやってきたのだ。

なんでも、本来いないはずのモンスターがいる状態というのはまずいので、マリニーさんは地下一階には長居できないとのこと。

適当そうに見えても、そのあたりはしっかりしているらしい。

「で、どうすんだよ、お前。討伐隊が来るんだろ？」

「一つは逃げまくるって手ですね」

もう私の情報は伝わっていて、何かしらの対抗策を考えてやってくるんだろうし、今後は楽に勝てるとは思わないほうがいい。

とは、マリニーさんのお言葉だ。

確かにそう楽観してはいられない状況だろう。

今まで私が勝てていたのは、私のことをなめまくってて、私のことを何にも知らない奴らばかりが相手だったからなのだ。

「けど、モンスターの位置がわかる魔法だとかアイテムだとかあるみたいなんですよね」

「そりゃまぁ、本気でくるならそれぐらい用意はしてるだろうな」

「それに、最初から逃げるってのはどうかな、って思うんですよねー」

「ま、もともと設置型トラップだしな。俺だって逃げられるって言われても逃げねーとは思う」

そう。本来私は宝箱のふりをした、冒険者ホイホイなのだ。逃げ回るってのは、その性《さが》から外れた行いなのではなかろうか。

ま、どうしても勝てそうにないなら、なりふり構わず逃げるけどね。

「で、戦うならどうしたもんかなーと考えはしたんですけど、けっきょく成り行きにまかせて臨機応変にいくしかないかなーっと。何が来るのか、何をしてくるのか、まったくわかんないんですから」

冒険者が大量なら一気に爆裂で、とは思うけど、こちらの情報をいろいろと知られているなら、どんな対策をしてくるかわからないしね。

「それにしたって、何か準備とか……ってないのか」

「はい。追加モンスターの配置はできないってことですし、アイテムの供与もできないと。ですが、いくつか許可はもらいました」

「許可？」

「一つはボス部屋の使用です。ボス部屋ですと、冒険者は最大六人までしか入れないってことなので、もし、ぞろぞろと冒険者がやってきたら対策にはなるかなと」

「確かボス部屋は、転移もできなかったはずだな」

けど、ボス部屋の使用にはデメリットもある。決着が付くまで誰も外に出られないのだ。ここで戦った場合、負けそうになっても逃げ出すことができないのだった。

「もう一つが、玄室モンスターの外出許可ですね」

「囮《おとり》にでも使おうってのか？」

「枯れ木も山の賑わいっていうか？」

「お前、なにげにひでーなー。ま、モンスターなんてそんなもんか」

「まあ、みんな、冒険者と戦うためにここにいるんですから、みんなで戦おうよ！　ってことですね」

モンスターには、通路をうろうろするワンダリングモンスターと、玄室で冒険者を待ち構えるルームモンスターがいる。

このルームモンスターをワンダリング化してしまおうってことだ。

厳密にいうと、これも難易度が多少は変動するので好ましくはないってことだけど、階層にいるモンスターの総数が変わるわけではないので、許可が出たってわけ。

「けど、地下一階のモンスターを寄せ集めたって、たかがしれてるだろ？」

「弾よけぐらいにはなるんじゃないですかね」

「ほんと、ひでーな」

なにせ、ほとんどのモンスターと会話が通じないので、作戦を練って行動なんてできるわけがないのだ。

せいぜい、うわ、なんかいっぱいいる！　と、混乱させるぐらいが関の山だろう。

ま、時間稼ぎの足しにでもなれば、ってぐらいで、多くは望んでないけどね。

「シーズンオフまでは後二日程度か。人間がぐだぐだやってりゃいいんだけどな」

「だといいんですけどねぇ。マリニーさんの予想だと、多少ぐだるかもしれないけど、メンツもあるからシーズン内になんかしてくるだろうってことでした」

「そうか。そういや、今のレベルは？」

「12ですね。雑魚冒険者はもう来ないでしょうから、こっからレベル上げるのは難しそうです」

「一応言っておくけど、モンスターを倒しても上がらないからな？」

「あはははは、や、やだなー」

おお、そうなのか。

かき集めて爆裂したら、ちょっとは経験値の足しになるかなとか思ってたよ。

ちょっとだよ！　ほんのちょっとしか思ってないよ！

「ま、厳密には上がらないってわけでもないんだが、このあたりの仕組みはややこしいんだよな。ソウルの回収優先度とかいろいろあんだよ」

ちなみに、生き物が死ぬとソウルとスピリットが拡散していって、それを他の生き物が吸収することでパワーアップできるという仕組みらしい。

「そういや、ステータスについては何かわからなかったのか？」

「ああ、一応聞いてみましたよ」

そう。

情報提供ぐらいならできるからなんでも聞いてー。とマリニーさんに言われたので、思い付いたことは聞いてみたのですよ。

「天恵の美人薄命は、美人になる代わりに波瀾万丈の人生になるってものらしいです。必ずしも寿命が短いことを意味してはいないってことでした」

「美人……になってるのか？　それ？」

「どうなんでしょうねぇ。人間基準なら、手足だけは美人かもしれません。手足が生えてきたのは、美人薄命の副作用なんじゃないかとも」

「はあ。なるほどなぁ。美人って部分をどうにか反映しようにも宝箱じゃどうしようもないからってことなのか」

「天恵に何がつくかは完全にランダムらしいので、マリニーさんが意図したものではないってことです。そーいやスラタロー先輩にも天恵ってあるんですか？」

「俺？　俺は、疾風迅雷だな」

「でも、動けないんですよね？」

「動けないな。いや、落ちる速度はちょっとしたもんだよ？」

「宝の持ち腐れですね」

「ほっといてくれ。お前のも似たようなもんじゃねーか！」

なるほど。天恵が完全にランダムというのは本当のようだ。

モンスターの種類とかそんなのまるでお構いなしってことらしい。

「まあ、天恵は戦闘の役に立ちそうにはないですね。擬態もこの手足が出るようになっちゃったからなのか、他の形態にはなれないですし」

「あー、宝箱以外に擬態できりゃ、まだましなのにな」

「なんですよねー。宝箱以外なら、そこら辺に転がってて見逃してもらえるかもしれないんですけど」

だけど、冒険者は宝箱があれば絶対に無視はしないのだ。そういう習性なのだ。

「聞けば聞くほどどうしようもない気がするが……まあがんばれ」

「いやいやいや、スラタロー先輩も協力してくださいよ！　外出許可取ったんですから」

「無理に決まってんだろうが！　俺、落ちるしかできねーよ！　いったん落ちたらのぼるのにどんだけ時間かかると思ってんだよ！」

「えー、だめですかー？　半分ぐらいでもだめですかー？　先っぽだけでもだめですかー？」

すごく、嫌がられた。

＊＊＊＊＊

さて。

ということでダンジョン入り口広場に来てます。

ま、どうせ居場所がばれるなら隠れても無駄だしね。

ボス部屋で待ち構えるんじゃないの？　と思うかもしんないけど、これは敵が大量にやってきた場合の対応策なので、最初からは使わない。逃げられなくなるってデメリットは大きいしね。

それに、ボス部屋で待ってると、ボスオークさんとずっと二人きりになっちゃうじゃん。それはなんか気まずいし。

けど、来ないな。

けっこう待ってんだけどな。

あれか。

人間特有の事なかれ主義的なのとか、責任のなすり合いだとか、会議のための会議みたいなのとか、そういうのが複合して、話が進まなくなってる的なやつ？

だったらいいなーと、そんなことを思っていたら、階段から足音が。

来た！

音からすると一人じゃない。けど、そう大量って雰囲気でもないので数人ってところかな。

さて。何が来ようとしているのか気にはなるけど、姿が見えるまで待ってるといきなり殺《や》られるかもしれない。

そう。階段の途中から攻撃されると、こっちは階段を上がれないから一方的に攻撃されるだけになっちゃうのだ。

そういうことなので、私は通路へと駆けだした。

11話　SIDE：アルドラ迷宮ミミック討伐隊選考会議

アルドラ迷宮シーズン389が開始されてから四日目の正午。

アルドラ迷宮近くの街にある冒険者ギルドでは、評議会議長のヴァルター、商人のサトー、戦士のバイソンの三人が顔を突き合わせていた。

「応募はこれだけですね。深夜に募集を開始したにしては、集まったほうかとは思いますが」

テーブルには、応募者のプロフィールシートが並べられている。

勇者を送り込むなどとヴァルターは息巻いていたが、そんな予算もなければ、勇者へのコネもありはしないのだ。

なので、この街にいる冒険者から有志を募るしかないのだった。

「けれど、無理に討伐隊なんて送り込む必要ありますか？　ダンジョンの稼働日は今日を含めてあと二日です。向こうも問題は認識したようですから、次シーズンは大丈夫でしょう。同じ問題を繰り返さないと思いますよ」

アルドラ迷宮はシーズン開始から四日目を迎えている。今日明日、ダンジョンの入場制限を続ければ、問題は解決するはずだった。

入場制限により様々な経済的損失が発生しているが、討伐隊などを送り込んでは傷口を広げるだけだろう。討伐隊を選ぶのも、送り込むのも、ただではないからだ。

「馬鹿かお前！　モンスターごときになめられっぱなしでどうするんだ！　そんなことでこれから先やっていけると思っているのか！」

喚くのは議長のヴァルター。いい年をした老人だが血気だけは盛んだった。

「うむ。議長の言うことにも一理ある。たしかに今シーズンだけを考えれば、後二日の問題だ。だが、これからのダンジョンとの関係を考えれば、落とし前はつけておくべきだろう。レギュレーション違反ではないとの言い訳を許せば、今後も同じようなことがあるかもしれないしな。二度とは許さない。その意思を表明しておく必要がある」

重々しい声で言うのは戦士のバイソンだ。

この三人が評議会の重鎮だった。重鎮というと偉そうではあるが、他のメンバーはこのような相談事の類が好きではなく、あまり顔を出そうとはしないだけのことだった。

「ですが、ミミックが暴走しているのは、冒険者の誰かが与えたアイテムのせいである可能性が高いんですよ？」

「だとしても実行犯であるミミックを野放しにはできんだろう。冒険者たちの被害は甚大なのだ。アイテムのせいだと言って納得できるのか？　俺は納得できない。シーズンが終われば生き残ったモンスターは配置転換になる。倒すならその前、今しかないのだ」

「それにだ。誰が渡したアイテムかは知らんが、それはもうモンスターのものだ。つまり、倒してしまえば、持っていたアイテムはこちらのもの。レジェンダリーアイテムを回収できれば、莫大な資産となるな」

「じじい……なんて悪そうな顔をしてやがるんだ……」

ヴァルターの悪人顔に、サトーは少しばかり引いた。

今回の依頼内容は、ミミックの討伐と、所持アイテムの回収だった。討伐隊には、報酬金のみが与えられるのだ。

「しかし、応募はこの程度しかなかったのか？」

「これでも多いほうだと思いますけどね」

「うむ。それにただ人数だけいても爆裂に巻き込まれては意味がない。少数精鋭で挑むべきだな」

「精鋭か。なるほどなかなかの強者揃いに見えるが、はて、このような奴らが街におったか？」

ヴァルターが首をかしげている。

「まあ、冒険者の流動は激しいですしね。一カ所に留まる者のほうが少ないでしょう」

「ほう。絶剣のジョージ、鉄砂のセイゴウ、極星のノートン、コソ泥のマッケンジー、軽装のフルコム。いずれも名だたる冒険者ばかりではないか」

「ちょっと待て。今おかしなのがいなかったか？」

「コソ泥ってただの犯罪者ですよね？　いや、まあ、それを言いだせば盗賊も何が職業なんだよ、ってことではあるんですけど！」

プロフィールシートに添付されている写真を見る。

マッケンジーは布を巻き付けて顔を隠していた。これでは、証明写真の意味がない。

「このフルコムとやらは、裸ではないか？」

写真のフルコムは実にいい笑顔だった。上半身しか写っていないが、下半身には何かしら装備していることを信じたいところだ。

「軽装すぎんだろ！」

「うむ。奴は、己の身一つで戦うことを身上としていてな」

「……もしかして、まともなの集まってきてないんじゃないですか、これ？」

サトーは嫌な予感がしてきて、プロフィールシートを再度確認する。

そう思ってしまえば、どいつもこいつも怪しく見えてきた。

「ま、まあ、応募してくれただけでもありがたいですよ。危険度のわりに報酬はそう高くないわけですし」

そう言いつつも少しばかり後悔するサトーだった。

報酬を抑えすぎたがために、色物ばかりが集まってきたのかもしれないのだ。

「勇者の応募はないのか？」

ぼそりとヴァルターが言う。

「来るわけないでしょうが！　そもそもこんな街に勇者がいるわけもないし、いたとしても報酬なんて払えませんよ！」

「いや、この街に勇者はいる」

バイソンが苦み走った声で言う。

「ヨハンが言っていた。奴は信頼できる」

「でしょうね！　そうくると思ってましたよ！」

「おお！　じゃあ、勇者が来るかもしれんじゃないか！」

「たとえ、いたとしても来ないと思いますけどね……それもなんとかなるんですかねぇ。バイソンさん」

「勇者へのコネか。ないこともないが」

「なんだと！　なら早く言えばいいではないか！」

「え？　マジですか？　いや、それもどうせ」

「俺はアズラットという男と繋がりがある。実力のほどは不明だが、数々の勇者パーティに同行している盗賊だ」

「ヨハンじゃないのかよ!?　この流れならそう思うだろ！」

「何を言っている。ヨハンは優れた冒険者ではあるが銀級だ。勇者と冒険を共にするほどの実力はない」

冒険者の等級は、白金、金、銀、鉄、銅、青銅、木、紙と八段階になっている。

勇者はこの冒険者の等級とは別カテゴリーとなるのだが、勇者に同行するなら白金級の実力は必要だとされていた。

「そういえばミミックにやられて帰ってきたんですから、それほどでもないですよね」

「うむ。周囲に多重に展開された爆裂属性付きの爆風の、重なりが少ない箇所を瞬時に見出して移動し、だがそれでも無傷での生還は無理だと判断して持ちうるオーラの全てを頭部とアイテムを使用するための腕に集中して、他の部分を捨ててどうにか生き延びた程度だからな。たいしたことがないといえばない」

「十分すげぇよ、それ！　なんなんだよ、その判断力と覚悟は！」

「で、アズラットとやらは、勇者を紹介してくれそうなのか？　まさか金を取るのではあるまいな？」

「そりゃ取るでしょうよ。勇者に渡りをつけられるというのは相当のコネですよ？　利用しないでどうするんです」

「いや、奴は金にそれほどこだわってはいない。奴の興味は女の脚だけだ」

「それは……別の意味でめんどくさそうですね……。まあとりあえず呼んでもらえますか？」

「呼んである。そろそろ来るころだろう」

まさにそのタイミングで、男が一人、会議室へと入ってきた。

「ふむ。よく来てくれた、アズラット」

アズラットは細い目をした痩身の男だ。強いかどうかと言われると見た目だけではよくわからない。少なくとも威圧感を押し出すタイプではないようだ。

「かまいませんよ。勇者に渡りをつけたいとか。すぐに、ということですか？」

「ああ。最悪でも明日までにはダンジョンに挑んでもらう必要がある」

バイソンは、今迷宮で起きている出来事を簡単に説明した。

「なるほど。事情はわかりました。この街にいて、すぐに挑めそうな勇者となると、獅子剣のディモスですが……」

「なんだ、難しいのか？」

言葉を濁すアズラットにヴァルターがせまる。

「別の迷宮に挑むために移動中で、たまたまこの街に立ち寄っただけなんですよ。よほどの条件を提示しないと無理かと」

「あー、その、一応は話だけしてもらってもいいですかね。議長もそれでいいでしょ？」

「そ、そうだな。何かの物好きで、なんとなく手伝ってくれるかもしれんしな！」

「自分が同じ立場と条件で、引き受けたいと思うか考えたらどうなんですかね」

サトーは軽く嫌みを言ってみたが、楽天的な議長に通じている様子はなかった。

「わかりました。では、さっそく」

アズラットはそう言って出ていった。

「……なんだ。あっけないな。女の脚がどうのと言っていたから、無理難題を言われるのかと思っていたが」

「ですね。何をふっかけるでもないというのはどうなのかな。商人の勘としては何か少し怪しくも感じるんですが」

そして、アズラットが出ていってすぐ、討伐隊への応募者たちがやってきた。

＊＊＊＊＊

冒険者ギルドの建物を出て、ようやくアズラットはかすかな笑みをもらした。

入場制限が行われた時点でそうだろうとは思っていたが、やはりあのミミックは生き延びているのだ。

――さてさて。となると、本格的に彼女を連れ出す方法を考えないと……。

彼女は実に理想的だった。

そのフォルム、肌触り、色、どれをとっても完璧な、これまでに見たことがないほどの美脚だ。

そして、なによりも重要なのが、彼女には余計な部分がないということだ。

アズラットは脚以外には興味がない。

他の部位など余計なのだ。

これまでにいくつもの脚を集めてきたが、当然脚だけを長期間保存しておくことなどできはしない。いずれは腐り果てるものだし、剝製にするにしろ、氷漬けにするにしろ、それは本来の脚の状態ではないのだ。

その点、彼女ならそんな心配はない。

モンスターである彼女は、殺されでもしないかぎり、ずっとそのままなのだ。

脚だけを、脚そのものを、未来永劫愛でることができる。

想像しただけで果てそうになるが、ただ妄想を楽しんでいるわけにもいかない。

本格的に対策を取られれば、いくら深紅の薔薇があろうと倒されてしまうかもしれないのだ。

「と、なると、問題は勇者ですかね。渡りをつけろということですが」

勇者が出てくれれば、レジェンダリーアイテムの一つ程度ではとてもかなわないだろう。

アルドラ迷宮は難易度2の小規模ダンジョンだ。勇者等級3のデイモスが今さら挑むことはないはずだが、どんな気まぐれで動きだすかはわからない。

まずは勇者の動向を確認すべく、アズラットは動きだした。

12話　コソ泥と魔法使ぃとマッチョ

敵が来たっぽいので、まずはダッシュ。

ボス部屋方面へと向かうけど、人数が少ないようなので、まずはプランBだ！

あ、ごめん、プランAはないです。なんとなくBとCしか用意してないです。

だっと走って、角を曲がってそこで待機。そう、プランBはただの待ち伏せである！

モンスターの位置がわかるっていってもさ、そんなに正確にわかるのかなってのがあるから、まずは様子見だ。

「げへへへへっ！　それで隠れてるつもりかよー！」

と無茶苦茶下品な感じの男の声が近づいてきた。

姿を見られる前に移動したはずなんだけど、やっぱり位置は把握されているようだ。

けどまあ、ここは待ち。

つーか、声出しながら近づいてくるとか馬鹿なんじゃなかろうか。

足音が段々と近づいてくる。

どうやら一人のようだ。大勢で来てくれたほうが爆裂で一掃できるからたぶん楽なんだけど、そのあたりは向こうも考えてるんだろう。

と、いうことは、相手はタイマン勝負を挑んでくるのか。

まあ、それはそれでいいのか。とりあえず一人ずつ片付けていけばいいんだし。

あ、そろそろ来そう。

ドキドキ。

角を曲がって男があらわれる。布で顔を隠した盗賊風の男だ。

「な！」

そして男は驚愕に固まった。

宝箱、宝箱、宝箱、宝箱、宝箱。

通路には無数の宝箱が用意されていたからだ。

もちろん、私は手足をひっこめて普通の宝箱のふりをしている。

名付けて！　宝箱を隠すなら宝箱の中作戦だ！　すみませんね、ひねりがなくて！

とにかく、地下一階にあるものはなんでも使っていこうと考えていて思いついたのだ。

「くそっ！　どいつがミミックだよ！」

なんとなくそうなんじゃないかなーと思っていたのだ。ダンジョンはブロック単位だから、モンスターの位置発見もブロック単位なんではなかろうかと。

1ブロックに宝箱が無数にあったら、どれがミミックかなんてぱっと見わかんないはずなのだ！

「って、ステータス見りゃわか――」

「ミミックミサイル！」

「げぼぉ！」

瞬時に手足を生やし、弾丸のごとく突進！

壁と私に挟まれて、盗賊っぽい男は無様なうめき声を上げた。

離れると、男がばたりと床に倒れる。

「もしもーし？」

ぴくりともしなくなっている。

うん！　死んでるな！

まずは一人目だ。

さて、後はどうする。このまま続行？

けど、盗賊は大量の宝箱にびびって動きが止まったからいいけど、冷静に解析されたらすぐばれそうだよね。

一応他にもいたミミックも交ぜてあるんだけど。

「あの、ハルミさん。僕どうしたら」

ミミックのヨシオくんは不安そうだ。

「じっとしててね！」

動いちゃうとばれるからね。ま、とりあえずは様子見だ。

と、そんなことを言っている余裕はすぐになくなってしまった。

ごうっ！

いきなり強烈な炎が吹きつけてきたのだ。

「ぎゃー！」

ミミックのヨシオくんが燃えながら叫び声を上げている。

あ、熱い！　なにこれ！　通路が燃えちゃってるんだけど！

「ほほほほほ。いくらあろうと関係ないのぉ。全て燃やし尽くしてしまえばいいだけのことじゃて！」

通路にじじいが立っていた。

振りかざした杖からは轟炎が垂れ流されていて、通路を真っ赤に染めている。

くそっ！　仲間の盗賊ごと燃やすとはなんて卑劣なじじいだ！

通路はまさに灼熱地獄ってやつだ。

なにもかもが真っ赤になって、どこまでも炎の嵐が吹き荒れている。

なにこれ、あつっ！　あつい、あつい！　このままじゃ焼け死ぬ……ってあれ？　ゆーほどは熱くないような。

いや、熱いよ？　熱いけど、まあ、これぐらいなら耐えられんこともないよね？

だったら。

「ミミックメテオ！」

思いっきり床を蹴って、天井を蹴って、上空からじじいに襲いかかる。

「ぼぎゃー！」

じじいの頭に宝箱の角が突き刺さる。

じじいの頭がぐっちゃりいっちゃって、倒れて、杖が手から離れて、そして炎は止んだ。

けど、ただの宝箱とミミックが耐えきれるわけもなく、全て燃え尽きてしまっていた。

もちろん盗賊っぽい男も骨すら残っていない。

「うう……ヨシオくん！　仇はうったよ！」

あー、言いたいことがある人もいるかもしれんけど、これはほれあれだ、死人に口なし！

じじいの頭が完全につぶれてるのを確認して、私は立ち上がった。

次の場所に移動しよう。

と、ちょっと歩いたところで、嫌な予感がして振り向いた。

じじいの死体がぴくりと動いた気がしたのだ。

いやいやいや、死んでるよね？　頭完全に叩きつぶしたし。

ところが、じじいの上体がむくりと起き上がったのだ。

「んんん？　え？　なんで？」

ぽけーっと見てると、じじいが立ち上がってしまった。

「ほほほほほ。この程度で死ぬと思われてはこま——」

「ミミックミサイル！」

「ほげぇ！」

どてっぱらに体当たりを喰らわせる。

頭つぶれてんのにこいつどこで喋ってるんだろう？　と思ったら、それはすぐにわかった。

お腹だ。

今、私は倒れたじじいの腹の上に乗ってるんだけど、下でもごもごと動いているのだ。

興味本位から、じじいの服をまくりあげてみた。

顔があった。頭にあったのと同じ、しわくちゃのじじいの顔がそこにもあったのだ。

なにこいつ、キモ！

「ほほほほほ。無駄じゃ無駄じゃ。極星のノートン、この程度で死にはせぬ！　喰らうがよい！

究極魔法が一つ、メテオを！」

「え、まずいじゃん。爆裂脚！」

立ち上がってじじいの顔に向かって蹴りを放つ。もうほとんど踏んでるだけとも言う。

「どげぇ！　ちょ、ちょっと待て！　メテオの発動には時間が……」

待つわけないし。ということで、すかさず跳び離れる。


どっかーん！

そして、じじいは大爆発した。

うん。さっきまでは、ヨシオくんがいたから爆裂脚を使わなかったけど、周りに誰もいないなら気兼ねする必要なんてないのだ。

さてと、じゃあ、次はと。


どどーん！


次のターゲットを迎え撃とうと考えたところで、ダンジョンが大きく揺れた。

……ん？　ああ！　もしかしてメテオが今ごろ降ってきたの？

つーか、空から隕石が降ってきたって、ダンジョンの中だと意味ないじゃん……じじい、何がしたかったんだよ。

さてと。

ここにはもう仕掛けがないので、次に行こう。

宝箱ゾーンはもう一つ用意してあるのだよ。

そちらへとささっと移動。さて、また宝箱のふりをして、と思ったら、そこに男がいた。

「へ、変態だー！」

黒いブーメランパンツだけを穿《は》いたムキムキの筋肉達磨が、片っ端から宝箱を壊しているのだ。

「た、助けて！」

「マサシくーん！」

そこにはミミックのマサシくんを配置していたのだけど、この筋肉モリモリマッチョマンはそちらのモンスター反応に向かっていたらしい。

そして、筋肉男のストンピングは、他の宝箱と同様にあっさりとマサシくんを踏み砕いたのだ。

「おのれ！　ヨシオくんに続いて、マサシくんまで！　許さん！」

「おお！　脚の生えたミミックとはこれか」

マッチョが宝箱を破壊する手を止めて、こちらをしげしげと見つめてくる。

くそ！　マサシくんの仇だ！

「ミミックミサイル！」

床を蹴って飛びかかる。血反吐をはいてのたうち回るがいい！

「むん！」


がしっ！


へ？

マッチョはあっさりと私を受け止めていた。

そして、私を逆さにしてから、高く持ち上げていく。

ちょ、動けない！　じたばたしてみたけど、がっしりと摑まれていてびくともしない！

「パワーボム！」

どごん！


マッチョが私を摑んだまま、床に叩き付けたのだ。

痛い！　むっちゃ痛い！　くそぉ、なんかぐらぐらする。

視界が歪んでる。

大丈夫か？　私？　どっか欠けてないか？

とにかく、手足はまだ動く。

どうにか手足で這って、この場を離れて――。


がしり。


と、マッチョが逃げようとした私の足首を摑んでいた。

「ほう。私のパワーボムに耐えるとはなかなかの頑丈さ。だが、いつまで持つかな？」

うわ。

ちょっとまって！

マッチョが私の両足をがしりと摑む。

そして、立ち上がって、ぐるぐると回りはじめたのだ。

「ジャイアントスイング！」

うわ、目が、目がまわる！

ぐるぐるぐるぐる！

何がなんだかわかんなくなって、手をじたばたしたけど、そんなぐらいじゃどうにもならない。


どごーん！


さらにわけがわかんなくなって、痛みと吐き気に前後不覚状態。

気付けば、マッチョから離れた場所に転がっていた。

つまり、投げつけられて、壁にぶつかって、ここまでごろごろと転がってきたのだ。

「ふむ。多少はへこんだようだ。このまま続ければいけそうだな」

「へ？」

視線を自分へと向ける。

歪んでいた。フレームにガタがきてるのだ。意図しなくても、蓋がパクパクと開きそうになっている。

な、なんじゃこりゃー！

くそっ！

油断してた。いや、油断できるほど強いってことじゃないんだけど、これまで攻撃なんて全然いたくもかゆくもなかったから、無敵のように勝手に思ってしまっていたのだ。

けど。そんなわけはなかった。

これまでは、ただ敵が弱かっただけということなんだろう。

よし、落ち着け、自分。

まだ、負けたわけじゃない。実際、マッチョの攻撃にもどうにか耐えている。動けなくなったわけじゃない。

とにかく、単純にぶつかるだけじゃ、こいつには勝てない。ミミッククミサイルもあっさり摑みとる反応速度だ。

ならば！

「ミミックメテオ！」

床を蹴り、天井を蹴り、マッチョへ飛びかかる。そして。

「踵落とし！」

落ちる勢いに加えることの踵落としだ。

「ふん！」

だが、マッチョは私の右足をあっさりと受け止める。

しかし、それも想定の範囲内。くらえ。

「爆裂脚！」

受け止めようと、蹴りは成立している。ならば爆裂脚を発動できるのだ！

左足でマッチョを蹴り、華麗に着地して再び距離を取る。

これで、終わりだ！

「ほう。これが爆裂とやらなのかな」

マッチョは蹴りを受け止めた右手を見ている。やはり事前に調べてきているのだ。

しかし！　だったら、なにをのんきにしているのだね！　あと四秒なのだけど！

三。

二。

一。

「ぬん！」


どかん！


マッチョの右手が爆裂する！

爆裂……爆裂してない!?

どかんって音がしたし、右手からは煙があがってるんだけど、だけどそれだけなのだ。

「ふむ。爆裂属性か。この程度なら押さえ込めるな。使い手が弱くて助かったというところか」

マッチョは右手を軽く振っている。

え、えええ!?
なんかマッチョのおっさん、ぴんぴんしてるんですけど！

13話　マッチョと砂使いと少年剣士

爆裂が効かない!?

マッチョのおっさんは、無傷ってわけでもないのか、ちょっと痛そうにはしてるけど、でもそれだけだった。

どうする？　逃げる？

けど、ここで逃げたっていずれは追い詰められるだろう。

ここは入り口から東側のエリア。

ボス部屋とエレベーターがあるだけの狭いエリアで、他の場所には繋がっていない。

つまり、移動できる範囲が限られている。

そして、私がいくら速く動けるとはいっても、いつまでも速く動き続けられるわけではないのだ。

そう、私のスタミナはたいしてない。

だから。

私は逃げるつもりなんて最初からなかった。逃げるつもりなら、戦場をこちら側には設定しなかった。

私はモンスターだ。

人間を、冒険者を殺す存在なのだ。

ならば、私は戦うしかないのだ！　相手がちょっと強そうだからって、モンスターである私がいちいち逃げてられるかっての！

マッチョを睨みつける。

マッチョはまだ動いてなかった。手を振ったり、首をコキコキしたりしている。

すぐに攻めてこないのは、爆裂脚を警戒している？

ということは、まったく通用しないってわけでもないのか。

ぬん！　とか気合い入れてたし。つまり、何か対抗手段をとらないと、そのままじゃダメージがあるってことかもしれない。

となれば、やはり、ヒットアンドアウェイだな。

爆裂脚を喰らわして、即座に離れる。それを繰り返せばいいだけのこと。

まったく効かないわけじゃない。

だったら、効くまで何度だって喰らわせてやればいいのだ。

よし、行くぞ！

「ミミックピンボール！」

床を、壁を、天井を蹴って縦横無尽に駆けめぐる。

「ほお？　ミミックとは思えん動きだな」

余裕見せてられるのも今のうちだ。

天井を蹴って背後へ。

振り向こうとするその隙に、壁へと跳んで側面から襲いかかる！

「喰らえ！　爆裂ドロップキック！」

「逆水平チョップ！」


どごん！


またもやふっとばされて、壁に激突。

そのまま床にべたりと落ちた。

「はっはっはっ！　喰らうのはやばいとわかったからな！　そうそう喰らわぬよ」

マッチョはドロップキックをかわしながら、カウンターでチョップを喰らわしてきたのだ。

お、おまえ！　技は喰らってから返す美学持ってそうな感じなのに、冷静に対処すんなよ！

しかし、だめか。

ミミックピンボールの速さでも見切られるのか。

強すぎじゃね。このおっさん！

ああ、くそ。

ここまでか。私の力じゃこんなものなのか。

もう打つ手が思いつかない。

とにかく、いったん離れよう。

戦略的撤退だ。そう、逃げるんじゃなくて、これはあくまでも作戦だ！

私はずるずると這うようにして、マッチョから離れる。

「ふむ。もう終わりなのか？　いや、ミミックにしてはよくやったというべきだな！」

マッチョがゆっくりと追ってくる。

私は、何とかわき道へと入る。

隠れる場所などない、ただの一本道がそこには続いている。

そのままずるずると這っていき、マッチョがわき道に入ってきたところで動きを止めて、奴を見た。

さて。

「プランC発動！」

いきなり立ち上がり、奴に向かってかけだした。

「弱ったふりか？　そんなことでいまさら油断は――」


ばっさあ！

緑色の何かがマッチョにおおいかぶさる。

「ぬおお！　こ、これは！」

「スラタロー先輩ぐっじょぶ！」

ははははっ！　こんなこともあろうかと！　スラタロー先輩を配置しておいたのだ！

実力では敵わないとさとったので、途中からはいかにマッチョを油断させるかに方針をシフトしていたのだよ！

弱ったふりをして、なすすべもなく逃げてるふりで、ここへと誘い込んだのだ。

さて。問題は、スラタロー先輩の攻撃が通用するのかということだけど。

「ぐわわわあぁあああ！」

うん。効いてる、効いてる！

実際、スライムに全身を覆われちゃったら、いくらパワーがあろうと関係ないよね。

べったりと貼り付いちゃうし。

心配なのは、マッチョの気合い防御みたいなやつだけど、あれは攻撃が来るとわかってないと使えないみたいなので、この不意討ちは実に効果的だった。


じゅー！


マッチョが溶けている。うん。裸みたいなもんだし、これも効果的だ。

ただの殴る蹴る、あるいは斬撃刺突。そんなものは効かないって自信があったのかもしれない。

けど、スライムに全身を溶かされるってさ、いくら筋肉鍛えたって防ぎようないんじゃない？

これがちゃんと防具を着ていたら、ここまで効いてはいなかったんだろうけどね。

「うぉおおお！　ふ、服さえ着ていればー！」

「おい！」

いやいやいや、そこはこだわれよ。ポリシーでそんな格好なんだろうが。

さてと。

「爆裂脚！」

スラタロー先輩ごと、マッチョを蹴る。

「ぬ、げぼぉ！」

マッチョが気合いを入れようとしたところで、スラタロー先輩が顔にへばりつく。鼻から侵入し、口を塞いで呼吸を抑えこむ。

スラタロー先輩、ナイスアシスト！

「ふふっ！　服さえ着ていればー！　それがお前の最後の言葉だ！」


どかーん！


マッチョが爆裂した。

なかなかの強敵だったけど、まあなんとかなったね！

「お前な……もうちょっと、仲間のことも考えろよ……」

「離れてるから大丈夫かなーって」

と、天井から聞こえてくるのはスラタロー先輩の声だ。

スラタロー先輩の核は中心部にあるので、そこを潰されない限りは死ななかったりする。

なので、スラタロー先輩は、身体の一部を切り離して天井から降らせたのだ。ある程度は遠隔操作もできるらしいよ。

「俺のこともあるけどよ。ヨシオとマサシの扱いがひどすぎんだろ？」

「いや、まあ、それは、その。ハルミさんがんばって！　とか、僕の仇を討ってくれ！　とか、そんな声が聞こえてきた気がするし」

それにまあモンスターなんだし、敵を殺すためにみんな一丸となってがんばるってことでいいんじゃないかなー。

「はあ……で、敵はまだいるんだろ？　今のは見られちゃいないとは思うけど、こんな作戦何度も通用するかはわかんねーぞ？」

「入り口で感じた気配は数人ってところでしたねー。ま、その後に続々とやってきてたらわかりませんけど」

ということで、耳をすませてみる。

何か音がする。誰かがこっちに向かってきているようだ。

「あ、来ましたよ。もっぺんプランCいっときますか？」

「あ、もう無理。半分ぐらい身体使っちまったから、しばらく休まないと戻んねーわ。誰かさんのおかげで身体は爆裂しちまったしよ！」

「ぐ。それは……じゃあ移動して、スラマルに協力してもらいましょう」

スラマルは産まれたてなので、私の同期だ。スラタロー先輩と同じく、適当な通路で待機してもらってるのだった。


ずるずる。


よく聞いてみると、こちらに向かってくる何かはそんな音を立てていた。

ん？　どういうことだろう。何かを引きずってる？

と、思う間に、それは、ずざざざーっという音に変わっていった。

「え？　なに？　なんなの？」

とても人間の立てる音とは思えなくてとまどっていると、通路の角からそれが姿をあらわす。

砂だった。

「うん。砂だ」

「砂だな」

砂の塊というのか、そんなものがずざざざーと動いてくるのだ。

こんなモンスターは地下一階にはいないので、これも冒険者なんだろう。

冒険者のはずだけど……お前、ほんと、なんなんだよ。

これ、中に人がいるの？

えー、これ、どうしたらいいんだよー。

「まあ、とりあえず蹴っとこうかな」

なんとなく、体当たりとか効かない気がする。

「爆裂脚！」

ダッシュで近づいて、蹴って、離れる。

これでいいはずだけど……。

「ぺいっ！」

と、なんだか可愛らしい声が聞こえて、同時に砂が飛んできた。


どかん！


空中で砂が爆裂する。

え？

爆風をもろに浴びて私は後退った。

いや、一応、爆裂脚で自爆しないことは確認済みなので、それはいいんだけど。

「ふふふふふっ！　爆裂属性なんのその！　そんなもの、喰らった部分を切り離してしまえばいいのです！」

ふーん。そう。そういうことなら。

「竜巻爆裂脚！」

あ、べつにそんなたいした技じゃないです。

相手の周りをぐるぐる回りながら蹴り続けるだけなんですけどね。

「な、なななななななな！」

おお、慌てていらっしゃる。

「ぺい！　ぺい！　ぺい！　ぺい！」

砂人間が、砂の塊を放り出す。

どかどかどかどかどかん！

爆裂の嵐が吹き荒れる。

そんなことを続けていると砂はどんどん減っていって、山のようだった砂山は、人の身体を薄皮一枚覆う程度になってしまった。

「あ、あわわわわわわ」

なんかくねくねしてる。

女の人か。ぴっちり砂につつまれてんのもなんかエロいな。あ、人間基準のエロいとかはなんかわかりますよ？

「こ、このお！」

ぼふん！

砂が弾ける。

それは煙幕のようになって、周囲を覆った。

うわ。めくらましか。

目潰しにはなんないけど、視界が塞がれてしまうと、単純に見えなくなってしまう。

そして、砂の女の人はあっさりといなくなってしまった。

「え？　逃げた？」

「そうみたいだな。まあ、頼みの綱の砂もほとんどなくなってたし、あれ以上戦いようがなかったんじゃないか？」

耳をすます。

遠ざかっていく足音が聞こえてくるので、確かに逃げてるんだろう。

そして何も聞こえなくなった。ダンジョンに再び静寂が訪れたのだ。

「ん？　これって全員やっつけた？」

「のか？　そもそも何人来てるのかもわかんねーが……まあ、雑魚を送り込んだところで爆裂させられるだけだし、少数精鋭でやってきたって感じか？」

「精鋭ってわりには、色物ばっかだった気がするけど……」

「まだなんか来るかもしんねーから油断はするなよ」

「まあ、私もけっこうやられちゃったし……ってあれ？」

「どうした？」

「いや、なんか治ってるんだけど」

マッチョにやられて、ガタガタに歪んで、蓋もぐらぐらしてたはずなのに、いつの間にかちゃんと閉じられるようになっている。

歪みもなおってきれいな宝箱の状態に戻っているのだ。

「そうだな。ついさっきまでズタボロって感じだったが……それも、ハイヒールのおかげか？」

「それ以外の理由は特に思い付かないですねぇ」

「しっかし、それすげーなー。脚があるなら俺も欲しいわ」

「へっへー、あげませんよー」

「ま、今シーズンもあとちょっとだ。最後まで――っておい！」

「なんです――」


ぶすり。

と、なんかそんな音が身体の中心から聞こえてきた。

へ？

何かが私の身体に生えている。

刃だ。

剣が私の身体に突き刺さっている。

背後を見る。

壁だ。

壁の向こうから、剣が伸びてきている。

「え、やばい」

なんとか前に倒れて、剣を抜く。

後ろを見た。間違いなく壁から剣が生えている。

次の瞬間、壁が細切れになって、そこから何者かがあらわれた。

「嘘だろ……ダンジョンの壁を壊す奴なんて聞いたことねーよ……」

スラタロー先輩が呆気に取られている。

「そ、そんな……色物ばっかだと思ってたのに……」

あらわれたのはいかにも正統派って感じの少年剣士だった。

え？　もしかして、これが勇者ってやつ!?

14話　決着

「なんか手応えが違うなぁ。普通のミミックはこんなんじゃないし、宝箱とも違うし。なんなんだろう?」

少年剣士は、壁を壊してあらわれた後、何をするでもなく首をかしげていた。

うん。完全に舐められてるね。

って、こいつ宝箱を刺したことあんの?　なんでそんなことする必要があんの?

てか、そんなことはどうでもいいな。

今、問題なのは、こいつの剣の攻撃力が私の防御力を完全に上回ってて、攻撃を喰らうとあっさりと貫かれてしまうということなのだ。

つまり、うかつに近づけないってことになる。

「スラタロー先輩。どうにかなりませんかね?」

「どうにも……ならんだろ。まあ俺が捨て身でつっこんでもいいけどよ。それで勝てる気が全然しねーな。こいつ俺に気付いてるしな」

「スライムは刺し飽きてるからいまさらだな。けどミミックは面白い。手足の生えてる奴なんて初めてだ」

そう言って少年剣士は懐からメモとペンを取り出した。

「刺し入りは思ったより抵抗感あり。入った後はすんなり進むけど、中ほどでねばりつくような感じがあるな。貫通時は締まるような感触。倒れて抜けた時もひっかかる感じがあった。内部が複数の層からできてる？　けど、筋肉とか内臓とかそんな感触じゃないなあ。刺してる間に内部構造に変化が？　見た目よりは、防御力がかなりある」

そんなことを言いながらメモを取っている。

うん。前言撤回。なにが正当派剣士だよ！　こいつも十分色物だよ！

まあ、あれだ。

防御に意味がないなら、殺られる前に殺るしかないよね！

攻撃こそが最大の防御って誰かが言ってたし。

幸い、まだ動けないってわけじゃない。思いっきり剣が貫通しておもっくそ痛かったけどな！

まだ、いける。

動ける限り、勝てる可能性はゼロじゃない。

てことで。

「通りすがり爆裂脚！」

真正面からつっこむほど私もバカじゃない。

少年の側面を通過しつつ反転。背後から逃げながらの蹴り！

本来ならたいした威力じゃないけど、とにかく蹴りさえ成立すれば爆裂属性を付けられる。
脇のあたりを蹴ってその反動で一気に距離を――。

ふわり。

けど少年は、私の脚をあっさりと剣の腹でいなしてしまったのだ。

ごろごろごろ。

バランスを崩して、私は勢いそのままに転がってしまった。
くそ！　だめか。
この速度でもあっさり対応しちゃうのか。
マッチョといいこいつといい、地力はすごいな。
うん。なんか勝てる気がしないな！
ということなら、距離ができた今がチャンス。とっととこのまま逃げてしまえばいい。
癪《しゃく》ではあるけど、どうしてもかなわないならこだわっても仕方がない。
てことで、ダッシュだ！

べたん。

と、なぜか顔面から床にぶつかってしまった。

遅れてやってくるのは痛み。

それは顔面からじゃなくて、右脚から訪れた。

見ると、剣が、ふくらはぎに突き刺さっている。

へ？

なんで？

十分に離れてたはずなのに。

なんで、少年剣士がすぐそばに立ってんの!?

「動き回らないでよ。めんどうだからさ」

本当にめんどくさそうに言う少年が持つ剣が、私のふくらはぎに刺さっているのだ。

つまり、一瞬で間合いを詰められた。

だめだ。

勝てる要素が何一つとしてない。

いや、爆裂脚が当たりさえすれば勝てるのかもしれない。

けど、もう当たるイメージなんて欠片もわいてこないのだ。

「うん。やっぱなんか手応えが変だな。面白い」

続いて二連撃。

その瞬間にはわからず、何が起こったのかわかったのは、少年が剣を手元に戻してからだった。

右手と左手。

両方を一瞬で貫かれていた。

「ぎゃあああああ！」

いってぇよ、こんちくしょー！

ああ、もうむかつく！

何がむかつくって、こいつ。いつだって私を殺せるんだよ。

その気になったら、いつだって、私を細切れにできるのだ。

なのにしない。

ちょっとずつ、刺し心地を確認するかのように攻撃してくる。

刺しては、その刺さり具合を、感触を楽しんでやがるのだ。

「面白いな、これ。素直に突き刺さらない、抵抗感がいい。手足は生き物っぽいかな。弾力のある皮膚がちょっと押し返してくる感じがたまらない」


ざくり。

今度は左の太腿。

血が出ていた。

そう、私、血が流れるんだよ。初めて知ったわ！

「いいな、これ。人の手足を刺せる機会ってめったにないからさ。あ、誤解しないでよ？　別に人間の肉を特別視はしてないから。ただ機会がないってだけでね。刺し心地ってだけなら、ドラゴンのほうがよほど面白いんだから」

なぜか、少年は私に話しかけてくる。

手足があるから、人間っぽく感じてるのか？


ざくり、ざくり、ざくり。


二の腕やら、膝裏やら、手の平やら。

いちいち、部位ごとの感触を確認してる。

これ、別に拷問でも嫌がらせでもなくて、趣味でやってんだろうなってのがわかって、もう本当に腹が立ってくる。

くそっ。

なんだってんだよ、もう！

てめえを喜ばせるために手足が生えてんじゃねーよ。

ああ、もうほんとむかついてきた。

死ぬにしても、なにかしてやる。一矢報いてやる！

ぽたり。

そして、何かが降ってきたことに気付いた。

じゅっ。

そんな音を立てて私の腕が少し溶ける。

「って、スラタロー先輩！」

いつの間にか、スラタロー先輩が真上までやってきていた。

そして、身体の一部を雨のように降らせているのだ。

「来てくれたのはありがたいですけど、どうせならどばっといってくださいよ！」

「プランCでほとんど使ってるし、それじゃ時間稼ぎになんねーだろうが！　どばっといってもこいつに通用する気がまるでしねーんだよ！」

助けにきてくれたってのは本当にありがたい。

けれど。

雨のように降る緑色のスライム粒は、少年剣士にまるで届いていなかった。

ひゅひゅひゅひゅひゅん。

目にも見えない速度で振り回される剣が、降ってくる粒を全て斬り裂いていく。

斬られて、分かれて、少年には当たっていないのだ。

達人すぎんだろ！

こいつ、全然本気出してなかったんじゃん。

「つまんないもの斬らせないでよ。たかがスライムだけどむかついてきたな」

少年の意識は天井に向いている。

今なら逃げられる？　スラタロー先輩もそのつもりで時間稼ぎしてくれてると思うし。

けど、それが無理だということは本能的にわかっていた。

私への攻撃を一時的に中断してはいるけど、逃げようとしたなら、攻撃してくるんだろうな、というのがわかる。

スライムの雨を斬り裂きながらでも、私への注意は疎かにはなっていないのだ。

スラタロー先輩がどんどんと減っていく。

さすがに少年も跳んで天井に攻撃まではしない。待っていればそのうちに攻撃が止むとわかっているからだ。

ああ、ダメだ。

こういうのやだよ。

私が誰かを犠牲にすんのはいいけど、誰かが私のために勝手に犠牲になってるってのはすごく嫌だ。

なので。

私は脚に力を込める。

お、いけそう？

手足に開けられた穴も、もうふさがりつつあった。最初に開けられた胴体の穴も今じゃすっかり完治している。

なるほど。マッチョにやられた後に治りが早いと思ったのは気のせいではなかったのだ。

そうとわかれば待つ。

スラタロー先輩が稼ぐ時間を目一杯利用させてもらう。

少年は、もう私が動けないと思っているはずだ。

だから、いったんはスラタロー先輩への対応に力を注いでいる。

そこにチャンスがある。私が急に動きだせば驚くはずだ。

もちろん、不意討ちが成功するとは思っていない。この少年の実力からすると、いきなり攻撃しても対応するだろう。

だったら、対応されてしまうのも前提にしてしまえばいい！

「喰らえ！　ミミックミサイル！」

そう！　胴体を刺されるのはもう我慢して、相討ち覚悟で爆裂脚を喰らわせる！

剣を貫通させながらなら、間合いを詰めて蹴ることができるはずだ！

ざくり。

やはり。少年はもう一本持っていた剣で、私を突き刺した。

「爆裂きゃ――え?」

けれど。

少年の剣は私の身体を貫かなかった。

胴体に刺さりはした。

けど、浅いのだ。ほんの数センチほど剣の切っ先が食い込んだだけの状態で、私は空中に留めおかれてしまっていた。

つまり、蹴りが届かない。

「刺し具合は自由自在なんだよね、悪いけど」

だから、お前！　その歳で達人すぎんだろ！

くそ。だめか。もうおしまいか。

ああ。なんか走馬灯めいたものが見えてきた。

って、なんでマッチョ出てくんだよ！　私が死ぬ間際に見るのが、裸のマッチョって嫌すぎる！

魔法使いも、砂人間も出てくんなよ！　って砂!?

ああ。そうか。

こんな簡単なことだったのか。あははっ。こんなことに気付かないなんて、私は馬鹿なんじゃなかろうか。

「爆裂脚！　爆裂脚！　爆裂脚！」

私は宙を蹴った。

何もない空間を？　いや、違う。そこには、スラタロー先輩の細かく分裂した身体がある！

身体から剣を抜き、床に着地する。

そして、力を込めて一気に天井まで跳び上がる。

「爆裂脚！　爆裂脚！　爆裂脚！」

たぶん、少年剣士は私が何をしているのか、よくわからなかったのだろう。

爆裂脚がこんな風に使えるとは知らないのだ。

なので、対応が遅れた。


どかどかどかどかどかん！


一気に爆裂する。

それは逃れようのない爆裂の嵐。

少々避けたところで、爆裂は連鎖する。

周囲を爆弾と化したスライムの雨に囲まれたこの状況。

逃げ場などない！

すたり。

着地。
振り向く。
少年剣士は跡形もなく消し飛んでいた。
よし、勝った！
へなりと私はその場に崩れ落ちた。
いやー、さすがに今回ばかりは死ぬかと思った。
私は、ギリギリのところで、砂人間のことを思い出したのだ。
砂人間は攻撃された部位を切り離して捨てていて、それでもその砂は爆裂していた。
それがありなら、スライムの雨を連鎖爆裂させるのもありなはず！
いやー、やってみるもんだね。
って、まだ油断はできない。
私はあたりをきょろきょろと見回してみた。
「もう、びっくり人間はやってこないよね？」
気配はない。ま、少年剣士も近くに来るまで気配は感じなかったんだけど。

しっかし、冒険者もすごい奴らは本当にすごいなー。

あ、そうそう。

「ぺいっ！」

私は、宝箱の蓋を開けて、中身を外に放り出した。

「って、死ぬかと思ったんだけどよ!?」

「いやー、なんとかなるかなーって」

出てきたのはちっちゃくなった、ほとんど核しかない状態のスラタロー先輩だった。

仲間を犠牲にできる私ではあるけど、助けられるなら助けるのだよ。

爆裂が始まる前に、回収に成功していたのだ。

「おい。まだ油断するなよ。何があるかわからな――」

『マリニーでーす！　アルドラ様に代わってみんなにお知らせするよー。みなさんお疲れさまでしたー。シーズン３８９の終了を宣言しますよー。生き残ってるみなさんはその場で待機していてくださいねー。ダンジョンキーパーさんがお迎えにいきますからねー』

「だそうですよ？」

ということで、どうにかこうにか。

私は、ファーストシーズンを生き延びることができたのだった。

15話　メンテナンスエリア

はげのおっさんがリヤカーを引いてやってきて、私たちはそれに乗せられた。

歩ける奴は歩いて帰るらしいけど、一応ミミックな私は歩けない分類らしいね。

あ、べつに怪我で歩けないってわけじゃなくて、ちょっと待ってたら完治しました。すごいな、このハイヒール。

おっさんは、私たちをエレベーターへと連れていく。

シーズンが終わったからなのか、階層の移動はもうできるみたい。

エレベーターはガタガタと不穏な感じの音を立てながら降りていく。

あたりを見てみれば、オークやら、スケルトンやらそれなりの数はいるようだった。

まあ、倒されたら同じ数だけ補充されるらしいんだよね。

だから、地下一階に配置されるなら、後から来るほうが有利なのだ。

そのあたり実に不公平だとは思うけど、上の人は一階のモンスターなんかそれほど重視していないのだろう。

なので、何が生き残ろうと、全滅しようと、たいして気にしていないのだ。

まあ、とにもかくにも私は生き残った。

今後はやりすぎなければ、平穏に暮らせるんじゃなかろうか。


ちーん！


と、そんな音が鳴ってエレベーターのドアが開いた。

ダンジョンキーパーのおっさんが、リヤカーをごろごろと引いて出ていく。

そこには森が広がっていた。

鬱蒼とした、いかにもなんか出てきそうな不気味な感じの森だ。

まあ、出てくる側なんだけどね。私らは。

「ここって、地下何階なんですかね」

「十六階に相当するな。アルドラ迷宮自体は十五階までで、ここはメンテナンスエリアってことになる」

とは、スラタロー先輩のお言葉。

小さいままなので、私の蓋の上に乗っているのだ。

「ここはダンジョンとは切り離されてるから、冒険者もここまではやってこない安全地帯ってわけだ」

ほうほう。

まあ、それは気楽でいいよね。

がたがた、ごとごと。


リヤカーが進んでいく。

森を抜けると、小さなお城があった。

古城って感じで、ここもなんか出てきそうな雰囲気がバリバリだ。

そのお城の周辺にはこれまたこぢんまりとしたぼろい建物がいくつか並んでいて、ちょっとした城下町のようになっている。

「あの辺で買い物ができるな。他所のダンジョンから商隊がやってくるんだ」

「ああ、ポイントがどうとかって話ありましたよね」

そうポイントで買い物ができるのだ。

けっこういろいろ倒してるから、獲得ポイントには期待できるんじゃない？

けどまあ、リヤカーは街を素通りして城に向かっているようだった。

「城に行くのはわかるんですけど、何すんですかね？」

「ファーストシーズンを生き残った奴らにはあらためて説明会があるな。他はまあ論功行賞っぽいやつか。リザルトに応じてさっき言ってたポイントがもらえるし、配置が換わったりとか」

リヤカーは城に入ったところで停止した。中もこれまた薄暗い、わざとらしい雰囲気だ。

ぽいっ。

と、私たちは乱暴に放り出された。

唐突だな！

文句を言おうとしたけど、リヤカーはとっとと城の外へと出ていった。

他にもリヤカーは何台もあって、ぞろぞろと出ていく。

気付けば、かなりの数のモンスターが、大広間みたいなところに勢揃いしていた。

しばらく待っていると、蜘蛛女《アラクネ》のマリニーさんがやってきた。

「はーい静粛にー！　今シーズンもみんなありがとうねー。今回はリザルトがとんでもないことになってます。ちょっと人間との関係がおかしな感じになっちゃったけど、でも、数年は活動しなくてもいいぐらいの莫大な収益がありましたー。じゃあ、ベテランさんは会計さんのところに行って、ポイントをもらってくださいね。ボーナスもあるよー。そして！　ファーストシーズンを生き残った人はおめでとう！　あらためて説明があるから、ちょっとここに残っててね」

ぞろぞろと連なってベテランさんたちが大広間から出ていく。会計さんのとこに行くんだろう。

「じゃあな」

「はいー。ではまたー」

スラタロー先輩がそこらの人の背中にはりついて、一緒に出ていった。

で、まあ、私は待ってりゃいいんだよね。

わくわく。

つーかさ、なんでダンジョンに配置されて冒険者と戦わなきゃなんないの？　とかそんなレベルから何もわかってないからさ。

一から説明してもらえるってのならそりゃありがたい。

「あ、そうそう。ハルミちゃん」

期待に胸を躍らせていると、マリニーさんが声をかけてきた。

なんだろ。

超がんばったって褒められるんだろうか？

いやー、自分でも、よくやったなーとは思ってるんだけどね。

「ハルミちゃんには説明しても意味がないんで、出ていってね」

「えーっと……それ、どういうことですか？　今からこのダンジョンのことやら何やらいろいろ説明してもらえるんですよね？」

「うん。そうなんだけど、ハルミちゃんにはするだけ無駄なのよー。私、無駄なことするの嫌いだから」

え？

どういうこと？

私、けっこうがんばったよね？

なのに、ハブられんの？

呆然としていると、いつの間にか私はガーゴイルの人に持ち上げられていた。

地下一階で黙々と清掃してた人だ。

そして、そのまま大広間から持ち出されてしまった。

あー、その、なに？　なんなのこの仕打ちは？

え、やっぱり、冒険者殺しすぎたのは駄目だったの？　けど、いいぞ、もっとやれ、みたいな雰囲気だったじゃん！

で、気付くと、キラキラした部屋にいた。

ん？　いつの間に？

そこには女の人がいて、にこにこと私を見つめている。

なんというか、ゆるふわな感じのお姉さんだ。

見た目はだいたい人間なんだけど、頭には角が生えてて、ちらりと黒い尻尾のようなものも見えている。

「おっめでとー！」


ぱちぱち。


なんか拍手されてんだけど……。なに、この状況。

「あ、はじめましてよね。私は、アルドラ。この迷宮の主でーす！」

なんか、マリニーさんよりも、さらに軽い感じの人だった。

マリニーさんの場合は、軽そうに見えても、底に秘めた刃の鋭さみたいなのが時折感じられたりするんだけど、アルドラさんにはそういうのが全然ない。

「えーと、その、なんなんでしょう？」

「えーとね。ハルミちゃんの今回の成果はちょっと想定外すぎて、もうこのダンジョン内で与えられる報酬とか縄張りとか役職がありませーん。そこで！　なんとなんと！　エリモンセンターに行ってもらうことになりましたー！　よっ！　出世頭！」

「はい？」

なんか、エリモンセンターとやらに行くことになってしまった。

って、エリモンセンターってなんなんだよ！

＊＊＊＊

警告音が鳴り響く中、アズラットは倒れている男、獅子剣のデイモスを見下ろしていた。

「馬鹿な……この俺が……」

「バックスタブですね。まあ、私、これぐらいしか特技がなくて」

背後からナイフでの急所への一撃。

アズラットのそれは、勇者にすら届きうる必殺の刃だった。

「あなたが余計な興味を抱かなければ、こんなことをしなくてすんだんですけどねぇ」

脚の生えた珍妙なミミックの噂は、勇者であるデイモスにまで届いていた。

そして、デイモスは、ミミック討伐にしゃしゃり出てきたのだ。

まずは討伐隊の面々が挑むということで後詰めにいたのだが、絶剣のジョージがやられて出陣しようとしたところを、アズラットは背後から攻撃した。

デイモスは、レジェンダリーアイテムを三つも装備している上にレベルも桁違いだ。さすがに勇者が相手となると、あのミミックでは勝ち筋がない。

「そろそろお暇しなくてはね」

警告音は、ダンジョンの活動期間が終わったことを意味している。

このダンジョンは再構築期間に入るため、早急に脱出しなくてはならないのだ。

「そうそう。さすがにレジェンダリーアイテムをさらに置いていくのはやりすぎですね」

アズラットは、剣と兜と指輪をデイモスから回収した。

このまま再構築が進むと、中にいる冒険者の身体はダンジョンに取り込まれてしまうのだ。この程度の迷宮には分不相応なアイテムであり、あのミミック以上にバランスを崩してしまうだろう。

「さてさて。モンスターの事情には疎いですので、彼女がどうなるのかはわかりませんが……」

外へ出てくることになればいい。

そう期待しながら、アズラットはアルドラ迷宮を脱出した。

2章 闇の森

1話　説明

私、ミミックのハルミ！

ちょっと脚の生えてる普通の宝箱！

と、唐突に自己紹介なんてしてみた私ですけど、なぜか今あぜ道をてくてくと歩いてたりする。青いお空を小鳥たちがちゅんちゅん言いながら飛び回ってたり、牛とか豚のうんちの臭いまじりの風がそよそよとそよいでたりすることからもわかるように、ここはダンジョンの中ではなくて、畑とか牧場とかがある田舎っぽい場所なのだ。

そう。脚の生えた宝箱が地上をのんびりと歩いているのである。って、ダメだろそれ。いろいろ問題あんだろ。

とまあ誰もがツッコミたくなるかもしれないけど、てくてくと歩く私の上にはものすごく可愛い感じの美少女さんが座っていたりするので大丈夫だったりするのだ！

……ごめん。全然大丈夫じゃないよね。意味わかんないよね。

なんでこんなことになったかというと、話は数日前。アルドラ迷宮のシーズンオフにまでさかのぼる。ちょっと回想するよ！

＊＊＊＊＊

「エリモン……ですか？」

キラキラとしたアルドラ様の部屋で、エリモンセンターに行けと言われた私は呆気に取られた顔になっていた。

あ、顔はないんだけども、そういう気分ってことだよ。

「そう、エリートモンスターなの。三騎竜とか、四天王とか、五人衆とか、六部とか、七人ミサキとか、十傑集とか、十二魔将とか、七十二柱とか、百八星とかの候補生なのよー」

そう言っているのはアルドラ様。

ゆるふわ系の女の人にしか見えないけど、ちらりと尻尾が見えたりしてるのでそれでかろうじてモンスターとわかるような感じの人だ。

「それ、どれが、どう偉くて強いんですかね……」

一つに集約しろと言いたい。それに五人衆とか五人いるだけだろ。あと、連番なのかと思ったら途中から適当になってるだろ。

けど、目上の人にそんなことは口が裂けても言えないのだった。

「それはともかくとして、うちにもエリモンへの推薦枠が一つ割り当てられてるんだけど、これまでは推薦するほどの子がいなかったのー。けど、ハルミちゃんならもしかして行けるんじゃないかなーって。あ、もしかしてババ引いちゃったって思ってる？　厄介払いされてるみたいな？」

「いえ、特にそんなことは思ってないんですけど、その、意味が全然わかんないっていいますか、私、産まれてきた意味すらわかってないんですけど」

「産まれてきた意味？　そんな哲学的なことの答えなんて私も知らないわー」

あははは。と、笑われてしまった。まあ、そりゃそうか。

けど、私は作られた存在なわけだし、作った側にはなんらかの意図があるわけだよね？

「ああ、マリニーちゃんが説明するって言ってたこと？」

忘れてる人もいるかもしれないから説明しとくと、マリニーさんは地下十階ボスの蜘蛛女《アラクネ》の人ね。ファーストシーズンを生き残ったら、いろいろ説明してくれるってことだったんだけど、私はなぜか説明会からはハブられてここに連れてこられたってわけ。

「はい。私、それを楽しみにしてたんで、説明すんの無駄だって言われて地味にショックだったんですけど」

けどまあ、こういうことだったわけか。

つまり、このダンジョンから出ていくわけだから、ここの説明をする意味がないってわけね。

あれ？　それってつまり、戻ってくんなってこと？

「マリニーちゃんはああ見えて神経質なのよねー。別にみんなと一緒に教えるぐらいいいと思うんだけど。まあ、それについては私が教えといてあげる！」

「ほんとですか！」

「まず私たちモンスターってのはなんなのか？」

「おぉ！　それです！　そーゆー基本的なことを知りたかったんですよ！」

「人間をおちょくって、あざけりながら、小競り合いを続ける存在なのです！」

「ん？」

あれ？　なんか思ってたのと違う？

なんかこう、人間共を根絶やしにするのだぁ、がはははっ！　的なことかと思ってたんだけど。

「基本的には反人間《アンチヒューマン》な存在なの。で、戦い合い、殺し合ったりはするんだけど、絶滅して欲しいわけでもないのよねぇ。なんてゆーの？　仲良く喧嘩したいみたいな？　遊び相手がいなくなったらそれはそれで寂しい的な？」

「それって、人間側は知ってるんでしょうか？」

「知らないかなー。まあ、彼らとしてもダンジョンは資源《リソース》として有効活用してるし、末端では持ちつ持たれつ感はあるんだけど、彼らの信奉する神様がモンスターの存在を許してないのー。あ、勘違いしないでね。ハルミちゃんたちは手加減とかなしでマジで人間どもをぶっ殺してくれたらいいから。魔王様とかがモンスターの配置とかいろいろ考えて人間が絶滅しないように調整はしてるけど、それは私たち下っ端には関係ない話だからね」

なるほど。アルドラ様でも下っ端で、上には魔王様とかがいるのか。

「じゃあ、ダンジョンというのはいったい？」

「防衛型モンスター拠点。実質は人間収穫装置かなぁ。ダンジョンの中で死んだ人間のソウルとスピリットを集めてるの。あ、ソウルとかスピリットとかわかる？」

人間にしろモンスターにしろ生きて動いてる奴らはそのソウルとスピリットってのを持ってるらしい。あ、ここで生きて動いてるってのはアンデッドなんかも含むからね。

で、死ぬとソウルとスピリットが拡散するわけだ。

ソウルってのは生き物とかを動かすエネルギーみたいなもの。何から出てきたソウルかってのは関係なくて、純粋にエネルギーとして扱える。モンスターとか冒険者とかはソウルを吸収して強くなるってことらしい。

対してスピリットってのは、その存在の根源的なものらしい。ソウルもスピリットも魂的な意味なんだけど、個性を反映しているのはスピリットのほうなのだ。

というのがアルドラ様の説明で、まあなんとなくわかったような気はする。

「ダンジョン内で何かが死んだ場合は、ソウルとスピリットの大部分はダンジョンが吸収しちゃいます。なので、ダンジョン内ではレベルがすごく上がりづらいの」

「なるほどぉ。レベルが上がりづらいとは思ってたんですが、ピンハネされてたわけですね」

あ、やば。ピンハネとか言っちゃったけど大丈夫かな？

ちらりとアルドラ様を見る。

大丈夫そうだった。アルドラ様はそんなことは気にしない大らかな人らしい。

「そういうことなのぉ。けど、モンスターの子にはソウルをあんまりあげない代わりにポイントで還元してるからねー。で、私たちは集めたソウルやスピリットをさらに上位の、地域一帯を統括してる組織に納めてるわけ」

「なんか、世知辛い感じですね……」

「けど、今シーズンは勇者のスピリットとソウルが手に入ったからね。もう、うっはうはなのよぉ」

「え、勇者、ですか。あいつらの誰かなんですかね」

シーズン最後にやってきた奴らは確かに強敵だったんだけど、勇者なのかと言われると微妙な感じだった。

いや、ぼろっぼろにやられておいてなんなんだけどさ。勇者ならもっと強いんじゃないかと思っちゃったんだよ。

「あ、なんでか地下一階で死んでたのよー。だからそれはハルミちゃんのリザルトには付かないんだけど」

「いえ、勝手に死んでるのまで手柄にするつもりは全然ないですけど」

申し訳なさそうに言われちゃったけど、まあ当たり前だよね。倒してないんだから。

「で、ダンジョンに話を戻すと、冒険者に来てもらえる感じのそこそこの難易度にしておいて、そこそこに死んでもらうって感じかな。で、集めたスピリットとソウルでモンスターを作って、そのモンスターでまた冒険者を殺してってサイクルなのよ」

「ん？　てことは、私って人間から作られてるんですか？」

「こんな言い方はあれなんだけど、地下一階モンスターぐらいだと、カススピリットを適当に混ぜ合わせて作るから。何が元ってこともないよー」

カス……。ま、まあいいけど。全然ショックなんか受けてないけど！

けどまあ、私はかなり人間っぽい考え方をしてる気はするので、それは混じってる人間要素が大きいってことだったりするのかな。

「ダンジョンについてはこんなもんかな。何か質問ある？」

「だいたいわかりました。で、そのエリモンセンターってどこなんでしょう？」

「エリモンセンターは遥か北。海を越えた先にある魔大陸にあるの。モンスターだけが住んでるモンスターの楽園なのよ」

「そのー、それってすごく遠いんですかね？」

海とか言いだしてる時点で絶対に遠いに決まってる。けど、まあどうにかなるだろうと私はたかをくっていた。

「遠いわねー」

「あ、そういや、モンスターはダンジョン間をワープできるって、スラタロー先輩に聞いたんですけど。それでぴゅーんって一っ飛びってやつでしょうか？」

そう。商隊なんかはそうやってダンジョン間を行き来してるってことなのだ。

だったら、私だって一瞬で行けるってことだよね？

「確かにワープの泉はあるし、そこそこのソウルを支払えば使えるけど、ハルミちゃんは使用禁止ねー」

えー？　とは思ったけどもちろん口には出さない。

けど、不満に思っていることは伝わってしまったようだ。

「ハルミちゃんはレベルが低すぎるからもうちょっと鍛えないとねー。だから地上を旅してレベルを上げながら行ってくれないかなー」

「ええと、でもエリモンに推薦ってことは実力が認められたってことなのかと思ってたんですけど」

「そうだよー。でもね。今のままだとアイテムだのみでしょ？　それじゃあエリモンとして通用しないと思うのよ」

「えーっと、こんなことあんまり言いたくはないんですけど、だったら、このアイテムをもっとレベルが高い人に使ってもらったらいいんでは……」

なんとなく、魔大陸なんてとこまで行くのめんどくさいなーと思った私は、そんな提案をしてみた。

私の成果はレジェンダリーアイテムである深紅の薔薇だのみ。だったら、これを使えば誰でも同じ結果を出せるはずなのだ。

「そうねー。じゃあ、そのハイヒールをちょっと貸してもらえる？」

「はい」

言われるがままに私はハイヒールを脱いでアルドラ様に渡した。たとえ献上しろと言われたとしても断れる立場にはないのだ。

アルドラ様は、右の靴を脱いで深紅の薔薇を装備する。

おお、やっぱ、まともな人間体の人が履くと似合うなぁ。そんなことを思っていると、

ぽん！


と、派手な音をたてて、アルドラ様の右足首が吹っ飛んだ。

え？　どうして？

慌てふためいていると、深紅の薔薇が私の前にぽとりと落ちた。

「ほらね。美脚レベルが足りないと、深紅の薔薇が装備者として認めてくれないのよー」

「こわっ！　なんてもん無理矢理装備させてんだよ、あの盗賊！」

「だから、深紅の薔薇を装備できるってだけで、エリモン候補としては十分なわけ。けど、それだけじゃ通用しないから、もっとレベルを上げてね。ってことなの」

そんなことを言っている間に、アルドラ様の足は復活してて、そそくさと靴を履いていた。やっぱすごいな、アルドラ様。

こんな口で言えばいいことを、わざわざ実践してくれるとは。

「けど、地上って大丈夫なんですかね？　よくわかってないんですけど」

「そうねー。このあたりには侵攻型モンスター拠点がないから、地上はほぼ人間の勢力下ね。モンスターがのこのこ歩いてたら、大騒ぎになるわねー」

「えーと、それまずいですよね？」

人間の勢力下にモンスターが一匹。

多勢に無勢だ。まあ爆裂が効果的に使えるかもしれないけど、私は冒険者を舐めてはいない。

私がどんな能力を持っているかを把握すれば、それを考慮して戦略を練ってくるだろう。

「だから、ハルミちゃんには部下をつけてあげる！　おいで」

アルドラ様がそう言うと、部屋の奥から誰かがやってきた。

可愛らしい服を着た女の子だ。尻尾も羽も角も生えていない、ごく普通の人間の女の子。ってどういうこと？

「この子はコッペリアのペコちゃん。人形のモンスターね。ゴーレムの仲間だし、無機物系だからハルミちゃんともお話は可能なの。でね、この子にモンスター使いのふりをさせたら、地上を旅しても問題ないんじゃないかな、って私はそう思うの！」

あ、うん。

そんなのうまくいかない気がすっごいしたんだけど、アルドラ様は自分の思いつきにノリノリなので、私みたいな下っ端がそんなことを言えるわけがないのだった。

2話　買い物

話は終わりということで、私はアルドラ様の部屋を出た。

出発は次シーズン開始時ってことなので、ダンジョンのリフォーム期間である二日はオフってことになっている。ダンジョンは週休二日制なのだ。

だけど、ただだらだらしてるわけにもいかない。この二日でいろいろと準備をしなければならないだろう。

なにせ、人間どもの中を旅していかなければならないのだ。いろんなことを想定しとかなきゃいけないはずだよね。

で、隣を見てみる。

そこにはコッペリアのペコちゃんがいるのだった。私の部下ってことらしい。

可愛らしい服を着た、可愛らしい女の子なんだけど、人形だったりする。

球体関節人形ってやつなのかな。関節部に継ぎ目があるんだよね。口も開閉できるようになってるけど、そこにも筋が入ってる。

つまりは、アウトだよこれ！

近づかれてマジマジと見られたら人形だってバレバレじゃん！　ってことなのだ。

なので、これをどうにかごまかさなくてはいけなくて、その方法もこれから考えないといけないってことだろう。うーん、先行きは不安だ。

「なに、見てるんですか？」

と、どうしたもんかなーとペコちゃんを見ていると、ペコちゃんが言ってきた。

「あ、いや、人形ってバレないようにするにはどうしたらいいかなーって」

「何ため口きいてるんです？」

「え？」

「雑魚が調子にのらないでくださいよ」


げしん。ぽてり。


尻餅をついてしまった。

呆気にとられちゃって一瞬何が起こったのかわかってなかったけど、つまり、ペコちゃんに蹴られてバランスを崩してしまったのだ。

「アルドラ様も何を考えておいでなんでしょう。たまたまレジェンダリーアイテムを手に入れたにすぎないミミックごときをエリモンに推薦するだなんて」

「へ？　あの」

「レベル15程度のゴミが、レベル128の私に気安く話しかけないでください」

そう冷たく言い放って、ペコちゃんはさっさとどこかへ行ってしまった。

えーっと……こいつ、私の部下って話なんだよね？

で、そんな態度っと。

あー。なんだ。その。あれだ。

殺す！

きっちりカタにはめてやろうじゃないか、あぁ!?

私はこーゆーのをなあなあですますつもりはさらさらないのだ。

上下関係ってもんをわからせてやろうじゃないか！

ってどこいっちゃったんだよ、あいつ。

もう姿が見えないんだけど。

まあ、あからさまに私の部下なんかやるつもりはねぇって態度だったけど、アルドラ様の命令だし出発時には来るだろう。来るよね？

さて。

気を取り直した私は城内をてくてくと歩きだした。

向かうのは会計さんのところである。

そこで、ポイントがもらえるってことなのだ。

適当に無機物系の人に道を聞きながら進むと、経理部に辿りついた。

窓口があるのでそこに行ってみる。

もう誰も並んでいないので、私がアルドラ様の話を聞いている間にポイント付与はだいたいすんじゃったのだろう。

「こんばんはー」

一応説明しとくと、シーズンは深夜零時に終了なので、まだ夜中なのだった。

まあ、地下なのに空があって月が出てるとか、よくわかんない場所なので、本当に夜なのかは自信がないけどね。

「はーい。ポイントの人？　新人さんかな」

窓口のカウンターに姿をあらわしたのは、髪の毛が蛇になっててうにゃうにゃしてる女の人だった。

「はい。話を聞いてたら長引いてしまって」

「じゃあ、まずはウォレットプラグインからインストールしますね」

すると、目の前にぴょこんと何かが出てきた。

『ウォレットプラグインのインストールを行います。よろしいですか？』

他には『はい』『いいえ』ボタンと、説明文だ。

「これは『はい』を選べば？」

「ええ。けど、気をつけてくださいね。今回は大丈夫ですけど、インストール時は権限とか、提供元とかをよく確認してください」

まあ、これを疑っても仕方ないしね。ぽちっと『はい』を押す。

このウインドウみたいなのは、考えるだけで操作できるようになってるのだ。

ちょっと待ってるとインストールは問題なく完了した。

ステータスウインドウの上のほうに0ポイントって表示されてるので、これでいいんだと思う。

「じゃあ、ポイントを振り込みま……ぶほぉっ！」

びちゃぁ。

っと、盛大に唾を吹きかけられてしまった。本体の他に頭の蛇も同時だったのでけっこうな量だ。

汚いなー。

「百万て！　百万てなんなんですか！　ちょっと待っててください！」

そう言って受付のお姉さんは奥に引っ込んでしまった。

相場をわかってないんだけど、なんかおかしかったんだろうか。

言われたようにちょっと待ってると、お姉さんはすぐに戻ってきた。

「確認を取りました。間違いないそうです。じゃあ振り込みますね」

『経理部から百万ポイントの譲渡申請がありました。受理しますか？』

ここで『いいえ』とかするほどひねくれてはいない。ってことで素直に『はい』を押す。

すると、0だったポイント表記は百万になった。

おお！　初給料だ！　めでたい！

「いやあ、1シーズンで百万も貯めた人初めてですし、それが新人さんとはねぇ。びっくりしました」

「普通はどんなもんなんです？」

「千もいけばいいとこだと思いますよ」

なるほど。ま、冒険者をやっつけまくったしね。これぐらいいくのかも。

「このポイントで買い物とかできるんですよね？」

「はい。モンスター間での取り引きは、このポイントを介することになります」

「ありがとー」

じゃあ買い物にいきますか！

＊＊＊＊＊

城の周りは夜でも賑やかだった。

ていうか、どうなんだろ。ここってずっと夜だったりするんだろうか。月の位置はさっきと変わってないような。

まあそれはどうでもいいか。

で、何を買うのかだけど……てか、何を売ってるんだ？

ということで、適当な店に入ってみる。

「こんばんはー。何屋さんですかー？」

「ってあんたな。そんなことぐらい確認してから入ってこいよ」

とあきれたように言うのは、水槽に入っている脳みそだった。

店内には特に何があるわけでもなくて、カウンターの上にでーんと水槽が置かれているだけなのだ。

「まあいいか。ここはスキルやらプラグインやらを売ってる店だ」

「おお！　じゃあ、時間のわかるやつ売ってます？」

「もちろんだ。そんなもん欲しがるってことは新人か」

「まあそうですね。ください、それ」

１００ポイントってことだったので、さっそくインストール。

すると、ステータスウインドウの上に時刻が表示されるようになった。

10384/5/13 03:44:43

こんな感じだ。一年は三百六十五日で十二カ月で、一日は二十四時間で一時間は六十分だよ。なんでそうなのかはしんないけどね！

「他にも便利なプラグインってなんかありますか？」

「そうだな。定番はこのあたりだが」

ということで、勧められるままにざくざくインストールしていく。

・ターゲッティング
・レベル表示（要鑑定スキル）
・定規《スケール》
・クラスチェンジ
・字幕（要言語スキル）
・アイテムショートカット
・電卓
・日時計算
・アラーム
・タイマー
・計数
・マップ
・オートマップ

・お絵かき
・ワープロ
・暗号化
・カメラ
・サウンドレコーダー
・ビデオレコーダー
・スケジュール
・ルート権限
・ファイル転送
・ファイルシステム

こんなところかな。正直いらんだろ、ってのもあるけど、まあついでだし。

こんだけ入れても10万ポイント！

……ってあれ？　けっこう使ってる？　もしかしてぼられてる？

「つーか、途中でこんなもんいるか！　って言われるかと思ってたら、勧めたの全部買いやがって
……」

「まあいいじゃないですかー。何か役に立つかもしんないですし」

「あんたがいいならいいけどよ。で、スキルはいいのか？」

「そうそう。スキルも買えるんだよねー。そうだなー、言語系スキルってあります？　人間と話したいんですけど」

地上は人間の世界だし、旅をするならいるかなって思ったんだよね。私が持ってる言語スキルだと、人間が話す言葉の意味はわかるけど、こっちから話しかけることができないのだ。

あ、ちなみに言語スキルの段階はこんな感じ。

＋なし：言葉を聞いて意味がわかるだけ

＋1：話をすることができる。

＋2：発声器官を持っていなくても意思の疎通が可能。どこからともなく声が出るのだ。

つまり、私の場合は話がしたければ＋2の取得が必須なのだ。

「いろいろそろえてるぜ。人間ももちろんある。一種族あたり、＋2までで5千ポイントってところだな」

「おー、そんなもんか。じゃ全部ください！」

「全部って……全部か？　どんだけポイント持ってんだよ……。じゃあ30万ポイントな」

「って高っ！　あれ？　全部って六十種類もあるんですか？」

「いや、うちにあるのは五種類だな。メジャーどころは押さえてる」

「だったら、高くても2万5千ってとこですよね？」

「それなんだがな。同系統のスキルは追加すればするほど値段が上がるんだよ」

「なんで!?」

「同系統のスキルは保存領域が同じでな。詰め込むにはコストがかかるんだ。ま、技術料ってとこだな」

「まあいいや。ください」

「けっきょく買うのかよ！」

うん。言語スキルって重要だと思うんだよね。使いどころはいろいろとあると思うんだ。

ということで五種類買いました。

なのでスキル欄はこんな感じになった。


言語（無機物系＋2、人間＋2、死霊＋2、亜人＋2、獣＋2）

「じゃあ、他は……」

「ちょっと待て！」

「はい？」

「いくらなんでも、買い物の仕方が無茶苦茶だ！　ぼっといてなんだけどよ！」

「そうですか？」

てか、やっぱぼられてたのか。

「ほら」

ん？

目の前になんか出てきた。

『ブラリンからのファイルを受信しますか？』


受信してみると、目の前に地図が展開された。

ファイル転送とマッププラグインのおかげだ。けっこう便利だな。

地図はこの街のもので、その中の一点に印が付けられている。

「そこに行け。いろいろと相談にのってくれる婆《ばばあ》がいる。お前に必要なものを見繕ってくれるだろ」

ほうほう。

じゃあ行ってみますか。

3話　解説

スキル屋さんに教えてもらった建物に行ったら、毛むくじゃらがいた。

人間ぐらいの大きさの毛玉だ。ちょっとよぼよぼした感じだから、やっぱりお婆さんなのかな。ま、中がどうなってんのか全然わかんないけど。

「こんにちはー」

「話はきいとるよ、買い物の相談じゃな」

「おお、それは話が早い！」

「それで、お前さんのとりあえずの目的は何かね？」

そう訊かれたので、これまでのことと、これからのことをざっくりと話してみた。

「ふむ。旅の利便性と、戦力の強化が必要というところかね」

「そんな感じですかね」

「まず、武器や防具の類はいらんだろうね。その靴だけで十分じゃ」

「そうですよねー。これ以上の武器ってそうそうないでしょうし」

しかも防御力も速度も上がって、おまけに回復速度まで上がるのだ。装備に関してはこれ一つで十分なのは間違いないよね。

「だが必要なものはある。ソウル吸収率アップ装備じゃ。残りのポイントを全て使ってもいいからこれを手に入れるんじゃ」

「それは？」

「地上で戦えば、ダンジョン内よりも多くのソウルを吸収できる……などと単純に考えるのは大間違いじゃ。ソウルは死者から得られるが、それはすぐに拡散してしまってそう簡単に吸収できるものではない。それに、その場に他の者がおればソウルは取り合いとなる。そこで、吸収率アップじゃ。これがあればより多くソウルを取得できるのじゃよ。なので、残りポイントでできるだけ吸収率の高い指輪でも買うとよい。幸いお主には両手があるしな。二つ装備できるというわけじゃ」

片手に指は五本あるけど、どういうわけか指輪の効果は片手ごとに一つまでってことらしい。

しかし、腕と足があるってのはそれだけでかなり有利なんだなー。装備部位が増えるってのが大きい。

「装備に関してはそんなもんじゃろ。スキルは……もう少しレベルが上がってからじゃな。お主、大してないスキルスロットを無理矢理言語スキルで埋めてしまっておるし……」

「あれ？　もしかして、レベル上がってからだとそんなにポイントいらなかったんですかね？」

「そうじゃ。無理矢理入れるのに余計なポイントを使っておる」

「はー、ものを知らないってダメですねー」

「まあ、言語スキルを取ったのがダメということはない。交渉が必要になることも多々あるじゃろうからな。しかし、鑑定系のスキルは欲しいところじゃ。レベルが上がったらまずはそれから取るがいい」

「となると、あとはアイテムとかですかね」

「うむ。お主は幸いアイテムの収納に関しては有利じゃな。なんといっても宝箱じゃしな。収納容量もレベルが上がれば増えてゆくじゃろう」

ということで、旅に必要そうなアイテムとかも教えてもらった。

けど、このお婆さんは何者なんだろ？

「ただのおせっかい婆さんじゃよ。モンスターがただ駒として使い捨てられるのを憂いておるだけのな」

ってことらしい。

＊＊＊＊＊

さて、出発である。

いろいろとアイテムとかを買った結果、ステータスウインドウはこんな感じになった。

名前：ハルミ
種族：ミミック

性別：女
レベル：15
天恵：美人薄命
加護：なし
スキル：
・擬態（宝箱、宝箱改）
・言語（無機物系＋2、人間＋2、死霊＋2、亜人＋2、獣＋2）
・収納
・爆裂脚（※深紅の薔薇装備時限定）
装備アイテム：
右手：欲深き者の指輪（ソウル吸収率：500％）
左手：欲深き者の指輪（ソウル吸収率：500％）
足：深紅の薔薇

アイテムは装備品の他にも、食料とか回復薬とか、そんないろいろを買いまくりました！

そう。食料がいるのである。

なんでも、ダンジョンの中では、ダンジョンからエネルギー供給されてるってことなのだ。で、地上に出ると食べる必要があるらしい。

無機物系の私の食料は鉱石類だ。そういうことで、いろいろ試してみたんだけど、宝石系がおいしかったので、原石を買い込んでおいた。

で、今私がいるのは地上だったりする。

ダンジョンの裏口から出てすぐのところだ。裏口は正規の入り口から離れた荒野にあって、人間には知られていない。

「あいつ来ないじゃん……」

コッペリアのペコちゃんはまだ来ていなかった。

適当な岩に登ってあたりを見回してみたけど、誰もいない。

代わりに、最近できたっぽいクレーターがあることに気付いた。

ああ、これあれだ。私と戦った魔法使いのメテオはこんなところに激突していたわけか。

クレーターはけっこうな深さと広さだった。威力やばいな。直撃くらったら即死だよなー。

そんなことを考えていると背後に気配を感じたので振り向いた。

ペコちゃんがやってきていた。

「なに、ぼんやりしてるんですか？」

「別に。じゃあ早速だけど、方針を説明するよ。アルドラ様はモンスター使いのふりをしろなんて言ってたけどさ。別にそんなことしなくてもいーんじゃないかなーと思って、これを用意した」

私が指差す先にはリヤカーが置いてあり、そこには女物の服が載せてあった。

「私が宝箱になってそれに乗ってさ。あんたがリヤカーを引っ張ったらただの荷物を運んでる人でしょ？　宝箱が歩いてるなんておかしな状況作らなくていいわけだし。で、その服は袖の長いやつだから、関節とか隠せるかなって。首回りはストールとかまいてさ、つばの広い帽子かぶったら、ごまかせるんじゃないかなーって」

「却下です」

「はい？」

「私がなぜ、そんな泥臭い真似をしなければならないんですか？　馬鹿らしい。あなたは私に扱《こ》き使われるモンスター。それだけのことでしょう？」

「いやいやいや、あんた私の部下でしょうが」

「黄金竜のスピリットを四分の一も使用したエリートの私が、どこのなにともしれないカススピリットからできたあなたの部下？　冗談はやめてくださいよ」

そう言ってペコちゃんはすたすたと先に行ってしまった。

ほー。

嫌々でも、上司の私には従うのかなーと思ってたけど、そんなつもりは欠片もないってことらしい。

だったら、こっちも部下扱いしてやる必要はないな！

ちゃんづけなんてしてやるか！　今後は呼び捨てだ！

ペコが先に行くので、私はその後を少し離れて付いていった。

最初の目的地は、闇の森だ。そこは防衛型モンスター拠点で、アルドラ様の知り合いがやってるってことらしい。

とりあえずはそこまで行けば、こそこそする必要はなくなるわけだ。

荒野をとことこと歩いていく。

会話なんてもちろんなくて、黙々と。

しかしまあ、ペコは何考えてんだろうね。アルドラ様の命令だろうに、こんな態度を取ってどうするつもりなんだろう。

訊いてみるか？　いや訊くだけ無駄かな。

荒野を抜けて農村地帯にやってきて、そろそろ人間と出くわしてもおかしくないなーと私は緊張してるんだけど、ペコは何も考えていないのかまっすぐに歩いている。

こんなんでいいのかなと思っていると、道の先に人間の集団がいるのが見えてきた。

なんだろ。

ぱっと見の感じだと、仕事帰りの盗賊団？

それぞれ思い思いに武装してて、血で汚れてて、これ見よがしに戦果を自慢しあってたり、鎖でつないだ人間をぞろぞろと連れて歩いてたりと、まあ、まっとうな奴らではない感じだ。

「どうすんの？」

「人間は敵なんですから、蹴散らすのみです」

ペコに近づいて訊いてみたら、無視はされなかった。

「そっかー。私も同意見。じゃあ、爆裂脚！」

どん！


と、いきなりペコを蹴った。

「な！」

まさか自分が後ろから蹴られるとは思いもしなかったんだろう。

レベル１２８かもしれないけど、ペコはよろめいてバランスをくずしていた。

「まあ部下としての最初で最後の仕事をやってくださいな。ってことで、ミミックミサイル！」

そして体当たり！

ペコを盗賊団のほうへと吹っ飛ばしたのだ。

そして。


どっかーん！


ペコは爆裂四散。

遅れて盗賊団もどかどかどかーんと派手に爆裂していった。

あ、そうそう。のんびりと見ているわけにもいかない。

ソウルを吸収するには、できるだけ近づく必要があるのだ。

私はささっと、爆裂の中心地に移動した。

おお、きてる、きてる！　さすが両手合わせてソウル吸収率１０００％！

一気にレベルが上がってる感じがする！

と、ソウルのことばかりも気にしていられない。私は宝箱の蓋を開けて、舌で中からアイテムを取り出した。

「スピリットキャッチャー！」

ま、なんてことのないフラスコ瓶なんだけど。これは、スピリットを捕獲できるアイテムなのだ。

ということでスピリットもざくざく回収。

使ったフラスコ瓶はそこらにぽいぽい放り投げていく。後でまとめて収納すればいい。

うん。大量！

一つだけ、輝いてるフラスコ瓶があるんだけど、これがペコのスピリットかな。

拾い上げて見てみる。

中で何かがうにょうにょと動いてる感じだ。

「エリート意識満載でいけすかない奴と、最初は反発しながらも、なんだかんだ絆を深めていって、そのうち仲良くなって無二の相棒になれる……なーんてことはないよね！」

つーか無理。

めんどくさい。

なんだって私がそんなことをしなけりゃならないの。

使えない部下なら切り捨てる。

それがハルミ流だ。

だいたいダンジョンがそんな感じで運営されてるじゃん。私だって、最初は使い捨ての駒扱いだったわけだし。

モンスター界は弱肉強食。このエリートさんは、エリートが故にそのあたりの認識が甘かったんだろうね。

「まあ、アルドラ様から与えられた部下を始末しちゃっていいのかってことだけど……不幸な事故ってこともあるよね！」


てへぺろ！

てか、地上で何したって、アルドラ様にはわかんないよね！

4話　SIDE：アルドラ迷宮、メンテナンスエリア

「ところが、ちゃーんと見てるんですよねー」

「何やってんの、ハルミちゃん……」

ここはアルドラ迷宮のメンテナンスエリアにあるアルドラの部屋。

アルドラは豪奢なソファに座っていて、前のテーブルには水晶玉が置かれていた。

そして、蜘蛛女《アラクネ》のマリニーも向かい側の床に座り、水晶玉を見つめている。

水晶玉には、ハルミの様子が映し出されているのだ。

「うーん、ペコちゃん、いい子だったんだけど、なにか勘違いしちゃったのかなぁ。ハルミちゃんを助けてあげてね、って伝えたんだけど」

「そりゃ、無理ってもんじゃないですかぁ？　たぶんですけど、自分がエリモンセンターに行って、エリモンになってやるぐらいの気概を感じましたし」

「まあ、強いて推薦するなら、ペコちゃんだったんですけど。そこは、けっきょく推薦してなかったってことを考えてほしかったですね」

「まあ、レベル15の地下一階出身モンスターの部下になれって言われて、いろいろと勘ぐっちゃっ

たんじゃ……」

「他意はなかったんですけどね」

「で、どうします、ハルミちゃん」

「どう、とは？」

「ちょっと問題じゃないですか？　立場上は部下ですし、状況によっては切り捨てる必要もあることはわかりますけどぉ。これ、ただの八つ当たりとか、憂さ晴らしとかで殺してません？」

「そうねー。組織の一員と考えると、問題行動よねぇ、これって。でも、エリモンになろうって子は組織とかそーゆーのは考えなくても、自由にやってもらっていいかなって気もしますよね」

「アルドラ様がそうおっしゃるならそれでー」

そんな話をしていると、水晶玉に映っていたハルミの姿が唐突に消えた。

ハルミがペコのスピリットが入っているフラスコ瓶を収納してしまったのだ。

水晶玉に映し出された光景は、ペコを経由して送られてきていた。ペコも知らないうちに、ハルミを監視するために利用されていたのだ。

「で、ハルミちゃんの監視ができなくなっちゃいましたけど」

「うーん。このままほっとくのもちょっと不安よねぇ」

アルドラがぱちんと指を鳴らす。

すると、マリニーの隣に黒い影があらわれた。

「およびですか、アルドラ様」

それは本当に黒い何かとしか言い様のない存在だった。人の形をしてはいるのだが、全身が黒く立体感がまるでないのだ。

「ハルミちゃんって子がね、エリモンセンターに向かってるんだけど、監視役がいなくなっちゃったのよ。代わりに行ってもらえないかしら？」

「承知いたしました」

そして、影は唐突に姿を消した。

「あの、今のは……」

マリニーも知らないモンスターだったのか、不思議そうな顔になっていた。

「大戦時の仲間、かな。たまに顔を出してくれるから、気安く使っちゃうのよねぇ」

「仲間って感じの扱いじゃなかったですけどね……」

「ハルミちゃんはちょっと危なっかしいから、放っておくわけにもいかないのよねー」

余計なことをせずに争いを避けて進めばエリモンセンターに辿り着くのはそう難しいことではないはずなのだが、どうにも怪しいとはマリニーも感じていた。

「あ、そうそう。アルドラ迷宮評議会から呼び出しがあったんですよぉ。一応、ハルミちゃんは追い出しましたって、人間たちに報告しとこうかと思うんですが、銀級の冒険者は返還しちゃってもいいですか？」

会いにいくに当たって手土産は必要だろうとマリニーは考えていた。

「そうですね。勇者でもうけすぎちゃいましたし、そのあたりは返しちゃいましょうか」

「コソ泥のマッケンジー、絶剣のジョージ、極星のノートン、軽装のフルコムですね。こいつらが復活しちゃうと、ハルミちゃんにちょっかい出す可能性がありますけど」

「それはそれで、いーんじゃない？　ハルミちゃんはもっと成長しないといけないいんだし！」

アルドラは気軽に言う。

ハルミの前途は多難なようだった。

5話　擬態再び

「黄金竜のクオーターとか言ってたよね。これ食べたら強くなれるのかな？」

そう言ってみると、フラスコ瓶に入ってるペコのスピリットが一際激しく暴れだした。もしかして言葉がわかってるんだろうか。

ま、スピリットを扱うには専用の施設がいるとかって話だったし、私なんかが下手なことはしないほうがいいだろう。

ということで、とりあえずペコのフラスコ瓶は収納しておく。

さてと。レベルは……おお！

一気に１００まで上がってる！

さすがレベル１２８のペコ。経験値、美味しいです！

思いがけずレベルが上がっちゃったけど、今後の道中はどうしよう。

大きく分けて２パターンかな。

一つはこのまんま出くわす人間どもを片っ端から倒していくってパターン。

この盗賊団程度が相手ならまったく問題はないわけだけど、あまり舐めてもいられない。冒険者の中にはとんでもないのがいるってことは十分にわかってるからね。

もう一つは、なんらかの偽装を施すパターン。

ペコが爆裂しちゃったので、使役モンスターのふりってわけにもいかないんだけど、これについては一応考えはあるのだ。

私はミミックで、擬態を得意とするモンスターだ。

で、レベルが上がったら、擬態についてもレベルアップするんじゃなかろうか。

スキルは、ポイントで購入するってのもあるけど、使用状況やらレベルアップやらに応じても強化されたり、派生したりもするらしい。

てことでステータスを確認する。

うん。擬態の欄に〝?〟が増えていた。つまり擬態できる姿を増やせるってことだ。

で、今の脚が生えてる状態が宝箱改なんだけど、これをもうちょっと進化させたら人間の姿になれるんじゃない？　というのが私の目論見なのだ。

ということで、さっそく別の姿になれるかどうかを試したいところなんだけど。

こんな血まみれの道の真ん中でのんびりそんなことやっちゃっていいのかなってのはある。

どうしようかな。

あたりを見回してみる。

すると、使えそうな場所が二つ見つかった。

一つは、盗賊団が襲ってきたであろう村。

もう一つは森っぽいところ。

どっちもそんなに遠くはない。

うーん、とりあえずは森かな。

さっきの盗賊程度なら別に脅威じゃないんだけど、わざわざ人間のいるところに行く必要はないしね。


さて、移動の前にスピリットキャッチャーのフラスコ瓶を回収しよう。

フラスコ瓶を一カ所に集めて、べろんと大きな舌を伸ばして、一気に中に放り込む。

片付けも終わったので、森へと向かうことにした。

ちょっと歩くと簡単に辿りついたけど、見つからないようにもうちょい奥へと行ってみよう。


てくてく。てくてく。


こんなもんかな。

あたりをきょろきょろと見回す。鬱蒼とした、ちょっと暗い森の中。

周りに人間やらモンスターやらの気配はない。

ないはず。

ま、索敵系のスキルを持ってないから確実じゃないけど、見た感じは誰もいない。

じゃあやってみますか。

最初に手足が生えたのは、必死になってどうにか逃げたいと願ったからだ。

てことで今度は。

「人間！　人間になれー！　うぉぉおおおお！」

無闇に気合いを入れてみる。

お、むずっときた！　変化のきざしが！

なんかいけそう！

よしっ！

「うりゃあああああ！」

さらに叫ぶ。

すると、

ずるり。


となんか伸びた。

ん？

なんか変わった？

視点位置を変えて、自分を見てみる。

残念ながら宝箱のままで、手と足が……ん？

なんか、背が伸びてない？

視点を動かして自分を全方向からぐるりと見る。

お尻があった。

おへそもある。

……えーっと……。

つまり、女の子の下半身といえるものが、宝箱の底についているのだ。

今までは、足の付け根が宝箱の底にあったんだけど、今はおへそのちょい上ぐらいが宝箱の底になっている。

微妙だ。

ステータスを見てみると、宝箱改二が増えていた。

一応人間には近づいてる。それは間違いない。

けど、これじゃごまかせないじゃん。不気味さがアップしてるだけじゃん。

もう一声欲しい。

つまり、上半身だ。

そう。これに上半身があればどうにかなる！

「どりゃあああああ！　上半身！　上半身出てくださいー！」

さらに気合いを入れてみる。

いや、もう、どうやったら思いどおりの部位を出せるのかなんて全然わかんないし。

こうなったら勢い任せだ。
なんかこう、熱い気持ちで誤魔化して押し通すしかない！
と、なんかむずりと熱い感覚が。
これはきたか！　きやがったのか！
「ほわぁあああああああ！」
よくわかんない雄叫びを上げる。

ばかん！

すると、宝箱の蓋が勢いよく開いて、盛大にすっころんだ。
え？　何が起こった？
横倒しになって、木が水平に見えてる。視界が九十度傾いちゃってるのだ。
視点は常に固定にできるはずだけど、体の動きにつられちゃうんだよね。
よいしょっと、と視点を動かそうとして、それができないことに気付いた。
あれ？
手を動かして、自分の身体を触る。
ん？　胴体？
そのまま手を上に上げていく。

ぺたぺたぺた。むにむにむに。

柔らかい。

そして首が。ほっぺが。髪の毛がある。

おお！　成功したのか!?

だったら、これで完全な人間体に！

……は全然なっていなかった。

えーと。

今の私を簡単に説明するなら、宝箱に食べられかけてる女の子って感じ？

宝箱の中から、女の子の上半身が生えている状況なのだ。

で、脚はない。側面に生えていた手もなくなって、これは普通に上半身についてる。

ステータスを見ると、宝箱改三が増えていたので、今の状態がそれらしい。

「よっこいしょっと」

とりあえず、手で地面を押して、体勢を立て直した。

さてと。

一応、上半身は出たわけだけど。

でも、どうしようもないな、これ。

まず脚がないので身動きが取れない。できて腕だけの匍匐前進か。

それに、深紅の薔薇の恩恵を受けられない。なので、この状態で攻撃を喰らうと一撃でアウト。

まあ、レベル100だからそれなりの耐久力はあるはずだけど、深紅の薔薇があるのとないのとでは雲泥の差だよね。

そして、顔ができてしまったからか、視点位置の変更能力もなくなっている。

さらに最悪なことに、この状態で頭を潰されたら死んでしまうだろうって実感があるのだ。

この状態の私の本質は、頭部の脳味噌にあるみたい。

だから。

メリットが何一つない！

人間のふりにしては実に中途半端で、こんな姿で警戒されずに人間の世界を旅するなんてとても無理だ。

うーん。

宝箱に食べられかけてる美少女のふりをして、人間をおびき寄せる役に立つぐらい？

けど、そんなんで油断する程度の奴なんて、真っ向から倒せる気もするなー。

あ、美少女かどうかなんてわかんないのに私、ナチュラルに自分が美少女だって思い込んでた。

実際のところどうなんだろ。

美人薄命の効果で美女なんじゃなかろうかとは思うんだけど。

気になるけど、視点変更できないし、鏡とか持ってないしなー。


がさり。

と、考え込んでいると何者かの気配を感じた。

やっば。変身に夢中で周りに気を配れてなかったよ！

慌てて振り向く。

そこにいたのは、細身で目の細い冒険者だった。

ん？　なんか見覚えが……あ、アルドラ迷宮で最初に会った冒険者だ。

ほら、深紅の薔薇をくれた盗賊の人。

うーん、なんか微妙な気分になるな。たしかに深紅の薔薇は役に立ってるし、これがなきゃ死んでたんだけど、素直に感謝する気になれないっていうか。

で、盗賊の人は、魂の抜けたような顔をしていた。何か、信じられないものでも見たっていうか……ああ、私か。私に上半身が生えたからびっくりしたのかな？

「あなたは何をしているんですか？」

そして、ぼそりと盗賊はつぶやいた。

「え、何をって言われても、人間の姿になろうかなって……」

「脚はどうしたんですか？」

盗賊がずかずかと近づいてきた。あー、そーいや、この人、私の脚をえらいなでてたな。思い出したら鳥肌立つけど。

「ああ、人間の姿になりたいなって思っていろいろ試してたらこんな感じに――」

「ふざけないでください」

こわいよ！　なんか無表情だし！

「ちょ、ちょっと待って！　なんであんたにそんなこと言われなきゃなんないの！」

なんか詰め寄ってくるし。ちょっと、近いし、怖いよ！

なんというか、大分レベルは上がってるんだけど、この盗賊に勝てる気がまるでしない。

まあ、今の状態だと深紅の薔薇の恩恵は受けられないから、純粋な実力勝負になってしまうし、脚がないから動けなくて戦いになんないんだけどね。

「お、落ち着いて。ね？　私もこの状態はまずいなーって。脚が生えてるほうがいいなーって思ってるところだから！」

必死に訴えてみると、盗賊の動きが止まった。てか、いつの間にか手にナイフ持ってるし。こえーよ！

とにかく、この状態だとどうしようもないので、私はいったん、先ほどの状態、宝箱改二に戻ることにした。

「よいしょっと」

すぐに腰から下が生えている状態に変化した。

「で、なんの用なわけ？」

相手は人間だけど、攻撃しようって気にはなれなかった。一応恩人ってこともあるし、敵意を向けられてるわけでもないし。

「ああ、つい我を失ってしまって。脚がまた生えるならそれで問題はありません」

なんだかよくわからないけど、納得したのか盗賊は去っていった。

え？　いや、こっちはさっぱり意味わかんないんだけど。

と、ちょっと考えてる間に、盗賊の姿はきれいさっぱり消え去っていた。

すぐにどっかへ行けるわけもないから、気配を消して姿を隠したのだ。

こわ！

あいつ、もしかして、私のあとをずっとつけてきてたの？　まったく気付かなかったんだけど！

今もどっかから見てんの？

えー？　なんかやだなー。

まあ、どうしようもないので、それはさておき。

これで、人間化の目途はたったんじゃなかろうか。

下半身はできたし、上半身もできた。

なら、後は両方を同時に実現すればいい！

やってやろうじゃないか！

6話　村

無理でした！

どんなにがんばっても、上半身と下半身はどっちか一つしかあらわれなかったのだ。

将来的にどうかはわかんないけど、少なくとも今は無理。

なので、人間のふりをして楽々旅気分計画は中止ってことになる。残念。

まあ、さんざん擬態を繰り返したおかげで、変身はスムーズにいくようにはなったけどね。

今の私の擬態モードは四つ。

宝箱。

宝箱改。手足だけが生えるやつね。

宝箱改二。腰から下が生える。手は宝箱の側面から出てるよ。

宝箱改三。宝箱の中から女の子の上半身が生える。宝箱の側面と底には何も生えず、自力で動けない。

ということで、今後は改二をメインにしようと思う。

改二だと、多少攻撃距離が伸びるのだ。それに、腰があるからひねりを加えて威力を出せそうな気もするし。

それと装備部位として、腰が増える。これはかなり有利だね。ま、アイテムによるけど。

リスクは表面積が増えて攻撃を喰らいやすくなるかもしれないってことかな。ま、深紅の薔薇で防御力は上がってるので、そんなに気にする必要はないかも。

幸いなことにペコ用に買っておいた女物の服があるので、それを身に付ける。

モンスターなんだけどさ。さすがにお尻丸出しはなんか嫌だし。

ということで、パンツを穿いて、スカートを穿いてっと。

どうなんだろう、これは。可愛くなった……のか？

ま、そのあたりも含めて、やっぱ鏡は見てみたいな。視点位置変更だけだと、全体象がよくわかんないんだよね。

ということで、村に行ってみよう！

さささっと移動してみる。

おお！　なんか動きが軽快だ。

これまではあんまり膝を上げられなかったんだけど、今は余裕があるからちゃんと走れるよ。

いやあ、これだけでも下半身モードを習得してよかったかも。

森を一気に抜けて、村の前にまですぐに辿り着いた。ま、深紅の薔薇のおかげで移動速度はもともと速いんだけどね。

村は木の柵で囲われてるんだけど、盗賊相手にはたいして効果はなかったみたい。

まだ、中で盗賊どもが暴れているのか、けっこう騒がしい音がしてる。

うーん、どうしよっかな。

とりあえず中に入ってみて、あとは行き当たりばったりで。なんて考えていると、怒鳴り声が近づいてきた。


どたばたどたばた。


なんか走ってきてる。

ぼけぇっと待ってると、村の入り口を抜けて、女の子がやってきた。

「だ、誰か助け……ひぃ！」

おい。

ちょっと傷付いたぞ。なんで私を見て怯えてるんだよ。

スカートを穿いてる可愛い女の子だってのにさ。

で、女の子は気が動転したのか、足をもつれさせてこけてしまった。

パニクってるなー。

たぶん、盗賊に追われてる村の娘だろうな。

どうにか逃げてきたのに、目の前にはモンスターがいて、もうどうしようもないって気分なのかも。

別に私は、ソウル的なうまみのないそこらの村娘をわざわざ殺そうなんて思わないんだけど、そんなことはこの子にはわかんないだろうし。

とことこと村の子に近づく。足がすくんで動けないのか逃げようとはしてない。

「こんにちはー」

「ひぃっ！　しゃ、しゃべった!?　た、食べないでください！」

「大丈夫、大丈夫。私、生ものは食べないからさー。なにしてんの？」

「あ、その、村が、襲われて、お父さんも、お母さんも、妹も、その――」

「お、まだこんなとこにいやがったぜ」

そんな声が聞こえてきたのでそちらを見てみると、盗賊どもがぞろぞろと村から出てきていた。

「い、いや、来ないで！」

するとなにがおかしいのか、盗賊どもはげらげらと笑いだした。

「あほかよー。この状況で、来ないでー、なんて言ってどうなるってんだよなー」

「そうそう。仲良くみんなで遊ぼうぜー？　みんな待ってんだからさー」

「ママも妹もお友達もなー」

私は村の子の前に出て、盗賊と相対した。

「あのさ。私がこの子と話してんの。邪魔しないでくれる？」

「は？」

「なんだこれ？」

「モンスター？」

「なんでこんなとこにいんだよ」

「キモっ！」

「どうせ雑魚だろ」

盗賊の一人が、戦斧を振り上げ、下ろす。

私は避けなかった。

こんなもの避ける必要もない。


がっきーん！


斧が砕け散る。この程度、なんてことはない。

大きな斧を振り回す筋力が自慢のようだけど、こんなもん、あのマッチョ冒険者に比べれば子供のようなものだ。

「な！」

「さてと。爆裂を使うまでもないかな。レベル１００の力を試させてもらうね」

こいつらがいると落ち着いて話もできないし、力試しにもちょうどいいので、ちょっと遊んでやることにした。

けっして、キモっ！　って言われてむかついたからではない。

さて。

目の前にいる盗賊は五人。そういや、盗賊だと勝手に思い込んでたけど、そのあたりはよくわかんないね。ま、どうでもいいことだけど。

左から順に盗賊AからEと呼んであげよう。

「ミミックローキック！」


すぱーん！


私の華麗な脚が、斧装備の盗賊Cの膝横に炸裂した。

盗賊Cはその場で一回転。頭を地面にぶつけて、首が変な方向に曲がって、倒れた。

うん。弱すぎ。力試しにもなんないような。

「ミミックハイキック！」

左端の盗賊Aの前に移動。

上体を反らし、脚を伸ばし、頭部を蹴る。

軸足と腰を回転させて、斜め下に振り抜いた。

ぐしゃり。

盗賊は地面に叩き付けられて、なんだかよくわかんない状態になった。

おお、脚が長いっていいなー。ハイキックが楽々届くよ。それに腰が入ってるとキレが違う。

しかし、自分で言うのもなんだけど、これって素人の蹴りじゃないよね。

もしかしてモンスターになる前は美少女格闘家だったりしたんだろうか。

「このヤロー！」

盗賊Bの剣が叩きつけられるも無視。


がきん！


痛くもかゆくもないね。

他になんかやっときたいのあったかな。

パンチはどうかな。と思ったけど、宝箱の側面から腕が出てるせいか、ちょっとばかり使い勝手が悪いんだよね。なので、腕はあくまで補助と割り切ったほうがよさそう。

てことで。

「ミミックＹＡＫＵＺＡキック！」

ただの前蹴りだけど狙いは膝だ。


ぼぎゃん。

妙な音を立てて盗賊Bの膝が、曲がっちゃいけないほうに曲がってしまう。

ま、今の私の攻撃力だとどこ蹴っても効いちゃうんだけど、完璧なタイミングで正確に膝を狙えるって、すごくない？

残りは二人。

と、いうことで。

「ミミック旋風脚！」

まあ、そう言われてもわかんないから解説はいるだろう。

これは、左内回し蹴りを出した勢いで回転しながら右の軸足で飛んで、右足で蹴るという大技なのだけど……まあ、一回転しながら左右の足で連続で蹴ってると思ってくれたらいい。

盗賊EとDはまとめて吹っ飛んだ。

もちろんクリーンヒットしちゃってるので、首は変な方向に曲がっている。って変な方向に曲がってる奴多いな。

あ、盗賊Bは膝が折れてるだけだからまだ生きてるか。

「ミミック踵落とし！」

足を振り上げて落とす。しゃがんでるから頭のてっぺんを狙うのはむちゃくちゃ簡単だ。

ずごん！

ハイヒールの踵がすごい勢いで盗賊Bの頭にめりこんだ。

まあ、当然の結果なんだけど、下半身モードの慣らしとしてはこんなもんかな。

いやあ、これまでと比べると自由度が上がってるのが、たまらなく気持ちいい。

「さてと。話の続き、しよっか」

血塗れの足をぴっぴっと振りながら振り向く。

「ひゃい！　た、助けて！　助けてください！」

村娘さんはあからさまに怯えていた。

しゃがみこんだままぶるぶると震えている。

そりゃそうか。モンスター大暴れだし、いつ自分に矛先が向くかわかんないし。

「落ち着いてー。話がしたいだけだから。逆に言うと話をしてくれないと殺しちゃうかもね」

そう言って落ち着くのを待つ。

ま、この子と話をしようと思ったのも気まぐれだし、あんまり怯えっぱなしなら用はないけどね。

「あ、あの……なんでしょうか」

ちょっと待ってると話しかけてきた。

案外冷静だね。取り乱し続けないのは好感が持てる。

「私はハルミっていうの。あなたの名前は？」

「私はスアマです。その、話というのは……」

「最近、人間の言葉を習得してさぁ。あんまり使ってないから試してみたくって。話の内容はなんでもいいよ」

「そうなんですか。ハルミさんは、なんのご用でこちらへ？」

「ご用ってほどのことでもないんだけど、鏡がないかなーって思ってさ。村ならなんかあるでしょ？」

「鏡、ですか。私も一つ持ってますけど」

「おお、いいね。それちょうだいよ」

「……あの！　鏡を差し上げますから助けてもらえないですか！」

ちょっと思い詰めた顔でスアマちゃんが言う。

「んー？　それって私と交渉でもしようってこと？」

「あ、その。そんな大それた話じゃないんですが……鏡は私の家にありますし、盗賊たちがいるのでもしよければ、取りにいった時にやっつけてもらえないかと……」

ふむ。

どうしよう。

アイテムを餌にされてほいほい言うこと聞くのも、モンスターの沽券に関わる気もするんだけど。

「いいよー。じゃあ案内してね」

「は、はい！」

でもまあ、スアマちゃんを無視して、どこにあるかもわかんない鏡を探すってのもめんどくさい話だしね。なので、提案にのることにしてみた。

7話　争奪

スアマちゃんが村へと歩きはじめたので、私も隣を歩くことにした。

「でもさ。盗賊って何がしたいわけ？　さっきそこで盗賊に会ったんだけどさ。一仕事終えたーって感じだったよ。残ってる人たちってなんなの？」

「わかりません。盗賊は突然やってきて、いつもは村を守ってくれている冒険者さんもなぜかその時はいなくって、村の中をむちゃくちゃに荒らして……ほとんどの人は捕まって連れていかれちゃいました。でも、なぜか私たち一家は残されて……」

「んー？　なんだろね。スアマちゃんちは商品価値なしって思われたのかな？」

「そうですね……私不細工ですし、そう言われると返す言葉もないんですが……」

いや、スアマちゃんは美少女だと思うし、家族も美形なんだとしたらそれはそれで別のお楽しみを考えたってことかな？

だとしても、全員連れていって選別すりゃいい話だしなぁ。なんだろ。何か目当てが別にある？

「あ、着きました。そこです」

掘っ立て小屋だった。まあ、貧乏村の家なんてどこもこんな感じなのかな。

「おお。ここかぁ。何人暮らし?」

「五人家族です。私の他に両親と妹と弟がいます」

「誤解のないように言っとくと、家族を助けるとかは特に考えないからね。盗賊やっつけたら巻き添えで死んじゃうかもしんないよ?」

「はい。それは……」

ま。わざわざ家族の人を狙ったりはしないけど、いちいち守ろうとは思わない。

「じゃ、スアマちゃんはちょっと待っててね」

気配を探りながらスアマちゃんちに近づいていく。

んー? 特に何も感じないいんだけど。

お楽しみなことをしてるなら、もうちょいどったんばったんしてる気配がするんじゃないのかなぁ。

格子窓からそっと中をのぞき込む。下半身モードでちょっと背が伸びてるのが地味に役に立つね。

中は荒らされてはいるけど、誰もいなかった。

「スアマちゃん、誰もいないよ? 鏡はどこにあるの?」

「はい。私のキャビネットの中にあるんですが」

スアマちゃんが来たので、一緒にうちに入った。

そのキャビネットとやらは見るからに荒らされていて、スアマちゃんがごそごそと探しているけど、どうも鏡はないみたいだ。

「盗られちゃったのかもしれません。うちにある金目の物の中だと目に付きやすいですし……」

うーん、盗賊の誰かが持ってるとなるとわざわざ探すのもめんどうな話だな。

まぁ、鏡を欲しかったのは、自分の姿を確認したかったからだけなんだけど。でも、それだけなら水面でも見りゃいいかなぁ。

「あの！　村長さんのおうちなら鏡があると思うんです」

「でも、そっちも盗られちゃってるかもしれないよね」

「それは、そうなんですが……」

まあ、闇雲に探すよりはちょっとはましかな。

「とりあえず村長さんちに案内してよ」

「はい！」

ということで、スアマちゃんのおうちを出て、てくてくと向かう。

村の一番端にある、村一番のお屋敷ってことだった。

そんなに大きな村でもないので、すぐにその屋敷は見えてきたんだけど、あたりに人がいるのもわかってきた。

屋敷の隣にある蔵の前に人が集まってるのだ。

「おらぁ！　さっさと出てこいや！　母親がどうなってもいいのかよ！」

「あーあ、可哀想に。親父はもう斬るとこなくなっちまったぜ？」

盗賊っぽいのは十人いて、そのうちの三人は蔵の扉をどんどこ叩いてる。

スアマちゃんの家族らしき人は、お父さんとお母さんと妹かなって人がいるんだけど、虫の息だった。

「人間ってのはこれだからなー。モンスターも人間を殺すけどさぁ。ただ弄ぶようなことは……んー、する奴もいるのかな？」

ま、私はしないってことで。

「ひっ……」

スアマちゃんが息を呑む。

けど、そこで叫んだりしないあたりちょっと冷静。でもないのか。単に言葉を失ってるだけかも。察するに、蔵の中に弟さんが閉じこもってて外からは開けられないので、家族を拷問して出てくるように仕向けたけどうまくいってない。ってところだろうか。

ま、なんとなくの推測だから全然違う可能性もあるけどね。こんな村に住んでる農民の少年を必死に求めるって、意味わかんないしさ。

「どうする？　今さら盗賊やっつけても無駄っぽいけど」

スアマちゃんの家族が治らないだろうなってのは、一目でわかる。冒険者とかモンスターなら、ヒールポーションが効くんだけど、ただの人間には効果がないのだ。

「……な、なんでもします。なんでもしますから、あいつらをやっつけてください！」

「なんでもかー。別にしてほしいことは……いやあるのかな。まあいいや。盗賊をやっつけるってのがもともとの約束だし、それはやったげるよ。スアマちゃんはどっかに隠れてて」

「……は、はい。よろしくお願いします……」

スアマちゃんはふらりと近くの建物に入っていった。だいぶイっちゃった目をしてたけど大丈夫かな。

さてと。じゃあさっくりとやっちゃいますか。

ととと、っと移動して奴らの背後に。

全員蔵に注目してるらしく、警戒はおろそかだ。

「こんにちはー」

不意討ちでもいいんだけど、見るからに雑魚だしそこまですんのも逆に気がひけてしまう。

「おう、娘っこ一人つかまえるにしては遅かったな……なんだてめぇ！」

振り返った盗賊は驚いていた。まあ、宝箱が歩いてくるとは普通思わないよね。

「なんだと聞かれると、通りすがりのミミックです！」

「くそっ！　時間をかけすぎたのか。モンスターが来やがるとは」

ん？　どゆこと？

疑問に思っていると、背後から何かがやってくる音が。

視点を背後に移動すると、モンスターの群れがやってくるのが見えた。

ゴブリンとか、オークとか、スケルトンとか、雑魚っぽい奴らだけど、数だけは多い。

んんん？

なんだこれ？　このあたりにはモンスターはいないって話だったと思うけど。

一番近いモンスター拠点でも、これから向かう闇の森のはずで、そこは防衛型だから村を襲ったりしないような。

「ターゲッティング！」

新たに身に付けたプラグインを使用する。

これは、スキルを使用する相手を選択するだけの能力で、スキルとの連係がないと無意味な機能なんだけど、モンスターが相手の場合は所属勢力がわかるようになっているのだ！

と、適当なモンスターをターゲッティングすると、その姿を縁取るように青い光があらわれる。

ふむ。青の魔王配下のモンスターか。

＊＊＊＊

「あ、そうそう、ハルミちゃん。地上に出たら他のモンスターにも出遭うことがあるかと思うけども。無闇に喧嘩は売らないようにねー。モンスター同士は仲良くね！」

部屋を出ようとしたところで、アルドラ様が声をかけてきた。

「そりゃまあ、わざわざ戦ったりしないですよ」

「うん。そう願うわー。けどね、青の奴らだけは別。あいつらは問答無用で殺っちゃっていいから。てゆーか、青の奴らを相手にイモ引くような真似したら、ぶち殺すからねー」

あれ？　なんか変わらない口調でさらっと物騒なこと言われてない？

「私たち赤の魔王配下とは不倶戴天の敵同士なのよー」

「魔王様って何人もいるんですか？」

「うん。今は八人ね。基本的には不干渉ってことになってるけど、それぞれに遺恨があってね。なかなかにややこしいのよねー」

「はあ、そうなんですかー」

「まあ、このあたりは赤の支配下だから、そんなに気にすることはないと思うけどー」

＊＊＊＊

と、そんなことを言われていたことを思い出した。

そうか。こいつらが青の奴らか。

けど、なんでこんな村に？

そんなことを思っていると、モンスターが蔵に殺到していた。

青からすれば、赤の私は敵だろうに、どうでもいいとばかりに素通りして蔵に突撃しているのだ。

盗賊はというと、少し離れたところで様子を見ている。まあ数が違うからね。逃げるよね。

「なんだこれ？」

私も通りの端に寄って、様子を見ていると、さらに背後から何者かがやってきた。

今度は冒険者の軍団だ。

冒険者たちも、ちらりと私は見るものの、素通りして蔵を襲っているモンスターに突撃している。

「ああ、もう、わけわかんない！」

状況が見えなすぎてイライラする！

ということで。

「ミミックダッシュ！」

だだだだだだだっ！　っと一気に戦ってる奴らの中へと入り込む。

そして。

「爆裂脚！　爆裂脚！　爆裂脚！　爆裂脚！」

当たるを幸い、手当たり次第に爆裂脚を喰らわせながら駆け抜けた。

ざっと喰らわしてUターン。

元の位置に戻ってきて、なんとなく指パッチンしてみる。

いや、別に時限発動だから、私の合図とか関係ないんだけどね。


どかどかどかどかどかどかどかーん！


私の背後で、やたらと派手な爆発音が連続で次々に鳴り響いた。

「あー、すっきりした！」

もうさ。私そっちのけで、なんだかわかんない奴らが勝手に争ってるとか、なんなの？

むかつくんだけど！

そして振り向いて、爆裂した奴らを見てみる。

「あ！」

蔵もいっしょくたに爆裂して綺麗さっぱり吹っ飛んでいた。

爆裂は重なると威力が相乗されるからなー。いい感じのところに蔵があったかなー。

「なんか中の物を巡って争ってたような気もするけど……まあいっか！」

いいことにしておいた！

8話　仲間

ま、何がここで起こっていたのかは私の知ったことじゃないので、私は私としてやるべきことをやる。

つまり、ソウルとスピリットの回収だ。

血塗れの爆裂現場に行ってソウルを吸収……うーん。あんまりきてる感じがしない。

レベルを確認してみると、１０２になっただけだった。

こんだけ倒してこんなもん？

こいつらが、よっぽど弱かったのか、ペコのソウルがすごすぎただけなのか、ソウルを吸収するのが遅くて拡散しちゃったのか、レベルはだんだん上がりにくくなるのか。

まあ、全部かな。いろいろ重なった結果がこれなんだろう。

スピリットも回収してと。

けど、あんまり雑魚のスピリットを回収すんのも無駄かなー。

スピリットキャッチャーの手持ちもだいぶなくなってきてるし。

でも、ダンジョンの中と違って勝手にリザルトがつくわけじゃないので、倒した証はこうやって集めるしかない。

ポイントも、スピリットと交換で入手するしかないしさ。

ま、集められるだけ集めて、スピリットキャッチャーがなくなったらその時に考えよう。

ぽいぽいっと、キャッチしてはフラスコ瓶を放り投げていく。

フラスコ瓶に入れると特徴がはっきりするんだけど、色とか形とか輝き具合とか動きとかは様々だ。

何がどうとか判別はできないんだけど、一つだけ、これはってのがあった。

輝きが他とは比べものにならないのだ。ひょっとすると、ペコ以上かな。

うん。なんかレアものっぽい。ラッキー！

さて、あらかた回収を終えた。

けっこう逃げてったスピリットも多いけど、あれはモンスターかなー。

なんとなくだけど、モンスターのほうがスピリット状態でのムーブに手慣れてる感じがするんだよね。

で、どうしようか。ああ、鏡を探さないとね。

ということで、スアマちゃんが隠れた家の前へ。

「スアマちゃーん！　終わったよー！」

するとスアマちゃんが、よろよろと歩いて出てきた。

そして、惨憺《さんたん》たる光景を目の当たりにして、へなへなとしゃがみ込む。

「お、お父さん、お母さんは……」

「えーっと、あの中のどれか？」

爆裂惨殺伝説殺人事件の現場を指さす。

何一つとして原形を留めてないので、どれ？　って訊かれても困る感じだ。

「いや、でもさ、もう治んない状態だったし、ひと思いに殺っちゃったほうが苦しまなくてすんだかなって思うんだけど」

って言ってみたけど、スアマちゃん、話聞いてないな。

目に光がないし、どっかいっちゃってるような。

ずいぶんとダメな感じだけど、どうしようかな。偽装に協力してもらおうかと思ってたんだけど、これじゃ使い物にならないなぁ。

けっこうあてにしてたんだけど。私みたいなモンスター相手でも話ができてたしさ。

おそらくだけど、普通ならこんなにスムーズにはいかないんじゃないかと思うんだよね。

別の人間を探すにしても、村には誰もいないし、別の集落に行ってもそう簡単に人間に言うことを聞かせられるかどうか。

「スアマちゃん。だったら、家族の人を生き返らせてあげようか？」

なのでそんなことを言ってみた。

悪魔の誘惑！

というか、ミミックの甘言！

すると、スアマちゃんはゆっくりと私を見た。

私は収納していたスピリットキャッチャーのフラスコ瓶を手に出現させる。

「これね。人間の魂みたいなもんなの。さっき回収しておいたんだ。これさえあれば生き返るのも可能だと思うんだよねー」

「嘘……だって、神父様は、人は死んだら終わりだって……神様のところに行くんだって……」

嘘じゃないよ。

可能だと思う、としか言ってないし。生き返らなかったらごめんね。

「神様のことは知らないけど、少なくとも冒険者とかモンスターは生き返ったりするらしいよ？

そして、魂は私が捕まえちゃったから神様のところには行けないし」

たぶんただの人間は生き返ったりしないんだろうなーとは思うけど。

「だからさ。生き返るかどうか試したげるから、私に協力してよ」

あー。ここで、生き返らせるって断言できないのが私の甘いところだよなー。

けど、嘘をつくのはなんかやなんだよね。

「ほんと……ですか？　ほんとうに生き返らせて……」

スアマちゃんが正気を取り戻してきた。

「んー。まあ、この中にスアマちゃんの家族の魂があればだけどね」

そう言って、ぽいぽいっとスピリット入りのフラスコ瓶を取り出して放り出す。

「スピリットはこんなんだけど、外の様子はわかってるみたいだよ。呼んでみたら」

「お父さん！　お母さん！　モナカちゃん！　アルフレッドくん！　スアマです。わかりますか？」

スアマちゃんが呼びかけると、たくさんの瓶の中からいくつかの反応があった。

マジか。

やってみるもんだね。

で、そのアルフレッドくんってのが、すごい輝いてたレア物みたい。

私は、モナカちゃんらしき瓶を拾って、スアマちゃんに渡した。

「これって……」

「とりあえず手付け的な？　ちゃんと私に協力してくれたら全部返したげるし、生き返らせるのもやったげるよ」

スアマちゃんが、モナカちゃんの瓶をぎゅっと抱きしめる。

「……わかりました。ハルミさんに協力します！」

よし！　人間の下僕ゲット！

ただ脅すよりも、こうやって餌をちらつかせたほうが協力的になるんじゃないかと思ったのだ。

「じゃあ、とりあえず鏡を探そっか！」

「はい。たぶん村長さんのおうちにはあると思います」

「盗られちゃってるかもしれないけど、まあ行ってみようか」

てくてくと村長の屋敷に向かう。いやあ、村長の屋敷まで爆裂してなくてよかった。

鏡は玄関に入ってすぐのところで見つかった。

大きな姿見が、壁に取り付けられていたのだ。

鏡は貴重品らしいけど、盗賊たちもこんなに大きな物を持っていくのはめんどうだったんだろうね。

で、宝箱改三。上半身モードに変化してみる。

「ていっ！」

変化は一瞬。足がなくなって、床に落ちて宝箱が開くと、中から女の子の上半身があらわれる。

「ハルミさん。そんなこともできるんですね」

「どう？　可愛い？」

「はい。とっても。……その、服を着ておられないのが気になりますけど……」

服は何着か持ってるので、後で着てみよう。

で、肝心の私の顔だけど……うん。可愛いじゃないか。

お目々はぱっちりで大きいし、まつげも長いし、小顔だし、色白だし。

これなら人間の男をだまくらかすのも……宝箱に食われかけてるヴィジュアルでさえなければな！

けどまあ、自分が可愛いってのはテンション上がるし、悪くない気分だ。

＊＊＊＊＊

というわけで回想は終わり。そう。ここまで回想だったんだよ！

今、私の上に乗ってるのはスアマちゃんというわけだ。

下半身モードだとスアマちゃんの視点が高くなって怖いらしいから、今は宝箱改状態。つまり太腿から先が生えてる状態になっている。

一緒に歩いてもいいんだけど、人を乗せてるほうが使役モンスターっぽいかなーって判断。

私たちは村を出て、手近な街に向かっているところだった。目的地である闇の森はその先にあるのだ。

「その、モンスター使いのふりをするというのはわかったんですけど、協力というのは何をすれば……」

スアマちゃんがおずおずと訊いてくる。

「私の目的は北の大陸に行くことね。でも、モンスターの私がのこのこ地上を歩いてたら大騒ぎじゃない？　だから、スアマちゃんに手伝ってもらって、偽装しようと思ってさ」

「その。これって、一般的なモンスター使いのスタイルなんでしょうか？　村に、剣士さんとか、魔法使いさんはいたので、そのあたりはなんとなくわかるんですけど」

「んー、どうなんだろ？」

うん、これ、穴だらけの計画だね！

そもそもモンスター使いのこと何も知らないじゃん。

アルドラ様も思いついたこと適当に言ってみただけだろうな、これ。

まあ、モンスター使いってジョブがあるらしいのは確かなんだけど。

「ねえ。そもそも、冒険者ってどうやったらなれるの？」

「わかりません。私のような農民には縁のない話だと思ってましたから」

冒険者って奴らが明らかに常人とちがうのはわかるんだけど、それが先天的か後天的かまではわかんない。

スアマちゃんが知らないってことは、おおっぴらになってないのかなー。

「ねえ。これから行く街に冒険者っているかな？」

「はい。ギルドがありますよ。村の護衛の方もそちらから来てもらってましたし」

たぶんその街の冒険者のメインフィールドが闇の森なんだろうね。

とにかく、美少女モンスター使いが、美脚ミミックを連れてるって偽装方法が通用するかどうかは、試してみるしかない。

まずはその街の冒険者ギルドに行ってみようじゃないか。

9話　SIDE：アルドラ迷宮評議会、その後

アルドラ迷宮評議会。

いつもの会議室に集まっているのはいつものメンバーだった。

評議会議長のヴァルターに、戦士のバイソン、商人のサトー。

彼らは評議会の重鎮ということになっているが、多少でも責任感があるのが彼らというだけのことだった。他の会員たちはめったなことでは顔を出さないのだ。

彼らが並んで座るテーブルの向かい側には、これまたお馴染みの顔がある。

アルドラ迷宮の蜘蛛女《アラクネ》、マリニーだ。彼女もアルドラ迷宮評議会のメンバーであり、アルドラ迷宮側の代表者としてこの場にいるのだった。

「よくもまあ、のこのこと顔を出せたものだな！」

ヴァルターがテーブルを叩く。

「呼んでおいてその言い草はないいんじゃない？」

マリニーが呆れたように言う。

「こちらがどれだけの被害を受けたと思っているんだ！」

「それはまぁ、たまにはこんなこともあるんじゃないかなー。だって、こっちはダンジョンなんだし？」

「貴様！」

「今回お前を呼んだのはあのミミックの件についてだ。まさか、このまま地下一階に配置し続けるというわけではあるまいな？」

ヴァルターに任せていては埒があかないと思ったのか、バイソンが重厚な口調で問いただす。

シーズンが終わればこの問題は解決するだろう。そう思ってはいたが、確認する必要があったのだ。

次のシーズンはもう始まっているが、それを確認するまでは冒険者を迷宮に入れるわけにはいかなかった。

「その件なら解決済み。あのミミックは放逐しちゃったから」

「だからもう関係ないとでも？」

「縁は切ったから手続き的にはもう関係ないよ。ま、そうは言ってもそっちに死人が出すぎてるってのはあるから。これはまあ、お詫びってことでね」

そう言ってマリニーはフラスコ瓶を取り出した。

「シーズン終了間際にやってきた人たちのスピリット。これは返すね」

フラスコ瓶は四つ。その輝きは霊格の高さを表しているかのようだった。

「ほう？　まさか銀級以上の返還に応じるとは」

モンスターの目的はスピリットを集めることのはずで、上位クラスを返してくるとは誰も思っていなかったのだ。

「勇者は返さないけどね」

「勇者？」

三人が呆気にとられた声を出す。

「バイソン。勇者には断られたと言っていましたよね？」

「うむ。正確には、仲介を依頼した盗賊――アズラットに、交渉は失敗したと言われたのだが」

「どういうことだ？　勇者が勝手に挑んだ？　しかも死んだ？」

「あれ？　やぶ蛇だった？　ま、そういうことだから」

そう言うとマリニーはそそくさと去っていった。勇者のことについてあれこれと訊かれるのを避けたのかもしれない。

「ま、まあ、あれだ。儂らが送り込んだわけではないし。勝手に行って、勝手に死んだなら関係ないしな……」

「そうですね。ここで、強行に勇者の返還を求めると、逆に我々の関与を疑われてしまうような……」

勇者は貴重であり、その運用には慎重さが求められる。

こんな僻地にあるダンジョンに送り込んだあげく、殺してしまったとなれば、責を問われるのは避けられないだろう。

「しかしだ。そうなるとアマミ村の一件はやはり……」

「ええ。件のミミックの仕業ということかもしれません。というか、あんな真似ができるのはあれぐらいのものでしょう。しかし、なぜあんな何もない村に大勢が集まって死んでいるのか……」

ミミックは爆裂属性を使う。

それによる被害は派手なものになりがちで、アマミ村で起こったのもそういった事件だった。

「それについてはヨハンが知っている」

「またヨハンかよ！　そいつ大怪我してたよな！　もう動けんの!?」

ヨハンはミミックの爆裂攻撃を喰らい、瀕死の重傷を負っていたのだ。

「うむ。欠損は補えたとのことだ。手足が戻れば動けると言って、さっそく出ていった」

「すげえな、ヨハン……」

「奴は任務のためなら痛みなどものともせん男だ」

「それにも限度はあるでしょうが、人間なんですから。それで、どういった事情なんですか」

「うむ。ヨハンは以前から、勇者王の息子の捜索を行っていたのだが」

「ちょっと待て!?　なんでそんな大それたことにヨハン関わってんの？」

代々勇者が王となる国、タマルカン。

勇者による治世は長く続いていたが、隣国の侵攻によって数年前に滅び去り、一族は絶えたということになっていた。

「知らん！」

「いや……なんかヨハンならではの理由が出てくるのかと思ってたんですけど……まあいいです。で、それがどうなったんですか」

「アマミ村でその息子を見つけたというのだ」

「ほう、争奪戦みたいなことになったというんですか？　けれど今まで見つかっていなかったのに急にどうして……」

「ヨハンは酒と女に弱い。そこは信頼できない」

「待てや！　もしかして、どっかでそんなヤバげなネタを漏らしたのかよ！」

「酒場で出会った女とよろしくやろうとして、気付けば身ぐるみ剝がされて路地に転がされていたそうだ」

「私の中でヨハンの信頼度がた落ちなんですけど！」

「ヨハンにはそんなおちゃめな部分もある」

「おちゃめでかたづけんなよ！　……まあ、それはいいとして、その後どうなったんです？」

「うむ。勇者王の息子の情報は裏の世界に流出した。そのため各勢力が息子の確保に動いたということのようだ」

「それが、盗賊とモンスターということなんですか？」

モンスターの一部は人間と接触がある。人の世界に出回っている情報なら、モンスターも得ることができるはずだった。

「盗賊は金目当てだろう。勇者王の血筋なら、ホータン帝国に高く売れるはずだ。モンスターどもにとっては勇者となりうる者を始末するのは当然の動きだろう。そして、近場の冒険者たちもその動きに気付いて対応したようなのだが」

「そこに、あいつがやってきて、全員まとめて始末したということですか」

そして沈黙が訪れた。今後どう対応すべきなのか。それぞれが考え込んでしまっている。

「……まあ、あれだ。口惜しくはあるが……」

ヴァルターがぼそりと言う。

彼らの管轄はあくまでアルドラ迷宮だ。わざわざミミックを追っていって仇を討つのは筋違いではあるだろう。

「ええ。もう戻ってこないのなら……」

「ずいぶんと気弱なことだな」

そこへ低く不気味な声が聞こえてきた。

三人は声の聞こえてきたほうを見た。

いつの間にか部屋の隅に、黒い何者かが立っている。

全身が黒い獣毛で覆われた、角と翼と尻尾を備えた二足歩行の獣だ。

評議会としてモンスターとの交渉の場は持っているが、彼らはこんなモンスターに見覚えなどありはしなかった。

「何者だ！」

バイソンが問う。

「なに、不肖の弟子を引き取りにきたのだ。極星のノートン。それを渡してもらおうか」

バケモノが指差すのは、テーブルに置かれたフラスコ瓶だった。

「モンスターが何を言っている？」

「これはおかしなことを。私は人間だよ。ただ、魔導の追求の一環で少しばかりモンスターを取り込んでみただけのことだ」

そんなことが可能なのか。

三人がそんなことを考えているうちに、それはすぐ側までやってきていた。

獣臭と死臭が入りまじった、吐き気をもよおすような瘴気を撒き散らすバケモノ。

誰も、そのバケモノがフラスコ瓶を手に取ることを咎めることはできなかった。

「どうするつもりだ？」

バイソンが訊く。

「生き返らせた上でまずは説教か。ミミックごときに殺られたとなると、相当しぼってやらねばならんだろう。そして我が一門の汚名をそそがねばならぬ。そのミミックには然るべき報いをうけさせてやらねばな」

そう言って、バケモノは唐突に消え去った。

「なんだったんだ、いったい……」

ヴァルターが絞り出すように言う。

「あれは……ノートンの師匠筋となると……極天のガレリアか。魔導士一門の長のはずだが……」

まるで人間ではない。
あれが一門の誇りをかけて、全力を出せば、いったいどうなることか。
バイソンは、これから巻き起こる惨劇の予感に怖気をふるった。

10話　街

朝にアルドラ迷宮を出て、昼ごろにスアマちゃんの村に着いて、村でいろいろやっつけたりして村を出て、夕方のちょい前ぐらいのころ。

スアマちゃんを乗せて、てくてくと歩いていると、街が見えてきた。

ここは村と違って、石壁で囲ってあるから頑丈そうだ。盗賊なんかもそう簡単には襲えないんだろうね。

で、壁には門があって、門番がいたりする。

さてと。この街に入ってみるってのが、とりあえずの目標だ。

モンスター使いに扮するスアマちゃんと、その使役モンスターのふりが通用するのかどうか。

というか、こんなところで躓《つまず》いちゃったら先が思いやられるんだけどね。ここで駄目ならこの先もずっと駄目なんじゃないかって気がするじゃない。

「スアマちゃんはここに来たことある？」

「はい。収穫物を卸してましたから。門番さんとも顔見知りですよ」

「あー、そっかー。それどうなんだろうなぁ。今まで野菜運んでた子がいきなりモンスター使いに

なってるって通用すんのかなぁ」

「そうですね。では、どうにかしてみますから、私にまかせてもらえますか？」

「うん、まかせた」

スアマちゃんがひょいっと私の上から飛び降りる。軽やかな動きだし、運動は得意なほうなのかな。


そして、スアマちゃんが先を歩きはじめたので、私はその後をついていく。

門の前まで来たスアマちゃんが、にこりとあいさつ。

「マモルさん、こんにちは」

すると、マモルとやらは少しばかり照れた顔になった。

こいつ……うちのスアマちゃんに気でもあるのか？

「こんにちは……って、どうしたの！　ぼろぼろじゃないか！」

そういや、スアマちゃんは逃げ回ったりしてたから服がボロボロだったのだ。

あー、服なら持ってるし、あげればよかったかなー。

しかも、ほぼ手ぶらで一人だしと、怪しまれる要素が満載だ。って、事前に気付けよ、私。

ちなみに、スアマちゃんに気を取られてるのか、後ろにいる私にはまったく気が付いてない感じだ。そんなんで門番としてやってけるのか。あんた。

「その、村が盗賊に襲われて、逃げてきたんです」

「ええっ!?　大変じゃないか！」

「はい。ですので、領主様にご報告をと」

ほー。領主がこの街にいんのか。

「その、一人だけど、家族の人は……」

「……みんな……殺されてしまって……」

「それは……いや。スアマちゃんが逃げてこられただけでもよかったのか……」

マモルは沈痛な面持ちってやつになっていた。

「これからのことは、領主様によく相談するといい」

そう言って、マモルが門を通そうとしてくれる。

スアマちゃんが街に入っていくので、私もその後に。

「ちょっと待って!?　それ、なに？」

マモルが目を見開いて私を見ている。うん。さすがに、スルーってわけにはいかないか。

「あの、なぜかいきなりモンスターになつかれてしまって。怖くないですよ。人を襲ったりはしませんから」

「そ、そうなのか？　いや、けど、モンスターを街に入れるわけには……」

思いっきり襲ったりするけどな！

「にゃーん！」

とりあえず媚びを売ってみる。ほら、こわくないよー。可愛い宝箱だよー。

足下に近寄ってすりすりとしてみる。

「おとなしい……のか？　なんとなく可愛いような気も……って痛い！　角があたって痛いよ！」

「にゃ？」

ちょっと離れてとぼけてみる。

どうだ、このあざとい対応！　なんでもかんでも殺すだけではないのだよ！

「ま、まあ凶暴な感じはしないいな……ちょっとキモいけど」

むかっ！　やっぱ殺したろか。

「はい。それに、街にいる冒険者さんでモンスター使いの方とかもいると思うんですが」

「うーん。たしかになー。けど、あれはそういうジョブだし、モンスターは装備みたいなもんだし……」

「私もモンスター使いを目指してみようと思ってるんです。この子になつかれたってことは才能があるのかもしれませんから……。もう天涯孤独の身。こんなあやふやな才能にでもすがるしかないんです。お願いします。この子も入れてもらえませんか？」

涙目になって懇願するスアマちゃん。

あ、落ちた。マモル落ちたよ。

「わかった。けど、それならまず冒険者ギルドに行って、相談してくれ。冒険者とかモンスターとかが関わってくるなら、とりあえずあそこだろ」

「はい！　ありがとうございます！」

これは……。

マモルがちょろいのか、スアマちゃんがすごいのか。

後者、かな。てっきとーな会話と困った顔でお願いするだけで、なんとなく話をまとめるなんて、誰にでもできることじゃないよ。

と、まあ、通してもらえたので中に入る。

道は石畳だし、建物も石造りで頑丈そうだ。スアマちゃんの村とはやっぱレベルが違う感じだね。で、じろじろと見られてる。

主に私が。

騒ぎになってないのは、モンスターを連れてる人間も街中にはそれなりにいるからだろう。

この街には冒険者が大勢いるのだ。まあ、見た感じモンスター使いはメジャーじゃないっぽいけど。

じゃあ、私が見られてるのはなんでかっていうと、あれだよね。宝箱に手足が生えてるってなんなんだよ！　って思われてるんだろうな。

「さてと。じゃあどうしようか？」

「やっぱり冒険者ギルドでしょうか。その、さっきはでまかせであぁ言ってみたんですけど、この先ハルミさんと一緒に行動するなら、正式な冒険者みたいなものになっておいたほうがいいんじゃないかと思えてきました」

「冒険者って簡単になれるもんなの？」

「わかりません。けど、お父さんは、何の生産性もない、他にできることのない奴が最後に落ちる仕事だって言ってましたから、誰でもなれるのではないでしょうか」

お父さん辛辣だな！

うーん。どうだろうなぁ。けどまあ、せっかく街に入ったわけだし、素通りってのも芸がない。

「じゃあ行ってみようか」

早速冒険者ギルドへと向かう。

どきどき。

やっぱ緊張するよね。私からすれば敵の本拠地なわけでしょ。こっちの偽装工作がばれるかもしれないし、強い奴がいるかもしれないし。

でも、こっちも冒険者のことがいろいろとわかるかもしれない。それはそれで重要かとも思う。

冒険者ギルドは街の入り口の近くにあった。

ギルドの建物は、飾り気のない無骨な感じだけど、街一番の大きさじゃなかろうか。

この街は近くにある闇の森を冒険するために発展していったって経緯があるみたいなので、冒険者ギルドは重要施設なんだろう。

「じゃあ入りますね」

スアマちゃんが覚悟を決めて大きなドアを押し開けた。

中はけっこう広くて、テーブルが大量にあって、そこに冒険者どもがちょろっといる。

酒場も兼ねてるのか、だらだらしてる奴らは大抵が酔っ払いだ。こんな昼間っからなにやってんだよ。

壁に張ってある紙はなんだろ。仲間募集みたいなやつかな。

なんかもっとごった返してて、うるさい場所かと思えば、そうでもなかった。まあ、まともな冒険者は冒険に行っている時間帯なんだろう。

「あれが受付かな？」

カウンターがあって、受付のお姉さんらしき人が暇そうにしている。

「みたいですね。では」

スアマちゃんが、受付に行って声をかけた。

「あ、はい？　なんでしょう？　依頼ですか？」

ぼーっとしてたお姉さんがはっと気付いて姿勢を正した。

「いえ、その、冒険者になりたいんですが、こちらでいいんでしょうか？」

「え？　その、あなたが？」

お姉さんがマジマジとスアマちゃんを見てる。

「はい。だめですか？」

「駄目ってことはないんだけど、おうちの人はなんて言ってるの？　ちゃんと相談した？」

「家族は……もういないんです。私一人になっちゃって。なので冒険者になって身を立てていこうかと思ったんです」

「うーん、ギルドの受付としては断れる立場にはないんだけど、お姉さん個人としては反対かなー」

お姉さんが渋い顔になっていた。

まあ、そうだよね。冒険者って変な奴ばっかだし、スアマちゃんがそいつらに交じって冒険するって心配になるよね。

「ぎゃはははっ。お前が冒険者だぁ？　無理に決まってんだろうが！」

すると、なんか余計な奴がやってきた。

そこらで酔っ払ってた奴の一人。

巨体で、ひげもじゃで、下品な感じのおっさんだ。

「で、でも、そうしないと他に生きていく方法が……」

「身体でも売りゃいーんじゃねーか？　この街にはそんなところはいくらでもあるぜぇ？　なんなら紹介してやろうかぁ？」

おっさんは、じろじろといやらしい目でスアマちゃんの全身をなめるように見つめていた。

むかっ！

私は、おっさんとスアマちゃんの間に割って入った。

「ああん？　なんだこれ？　ミミック？　もしかして、こんなの使役できたからって自信つけちゃったの？」


げしっ！

素早くおっさんの臑《すね》を蹴った。もちろん、十分に手加減してだ。こんなところでいきなり大暴れするほど私も馬鹿じゃない。

「スアマ、バカニスル、ユルサナイ」

「ん？　こいつしゃべんの？　つーか、こんなもん痛くもかゆくもねーよ」

げしっ！　げしっ！　げしっ！

「だから、痛くねーって……おい、ちょっと、やめろ！」

ミミックごときとなめているからなのか、スアマちゃんをもっとからかってやろうと思っているからなのか、おっさんは逃げようとしなかった。

ならば。

げしっ！　げしっ！　げしっ！　げしっ！　げしっ！　げしっ！

ぼきっ！

「ぎゃーっ！」

おっさんの臑が変な方向に曲がって、倒れる。

そう。本気で蹴ると、足が消し飛んだり、吹っ飛んで建物を破壊したりと被害が出そうだったので、力加減を探っていたのだ！

「私、モンスター使いになりたいんです！」

倒れたおっさんをさりげなく無視してスアマちゃんが宣言する。

「あー、なれそうな感じですね」

お姉さんはどこか感心している様子だった。

11話　冒険者ギルド

「てめぇ！　なにやってくれてんだ！」
蹴り倒したおっさんの仲間みたいな奴らが、立ち上がり威嚇してくる。
あー。やっぱこういうことになっちゃうか。
けど、私、やられっぱなしみたいなの我慢できないんだよねー。
ま、なるようになれってことで。
ざっとあたりを見てみたけど、たいして強そうな奴はいなそうだ。
「うっせぇ！　素人にやられて、キレてんじゃねーよ！　ダボどもがぁ！」
と、すさまじい大声がすぐそばから聞こえてきて、びびった。
声の主はと見てみると、受付のお姉さんだ。
お姉さんはすげー怖い顔で冒険者たちを睨んでいる。
睨まれた冒険者たちはそれでぴたりと動きを止めてしまっていた。
おおー、すごいなぁ。
やっぱ荒くれどもを相手にするからには、これぐらい迫力がいるのかもなぁ。

「け、けどよ、仲間がやられて黙って見てるわけには……」

それでもなんとか言い返そうとしてる奴がいた。

「だから！　現時点ではこの娘は、素人だろうが！　素人に手を出すなんざ冒険者の風上にもおけねぇだろうがよ！　ちょっとからかうぐらいなら通過儀礼として大目に見てやるがな！　それで反撃されてムキになるだと？　やり返される可能性も考えてねーのかよ、あほか！」

「だ、だったらそいつが冒険者になってからなら……」

「あぁ!?　冒険者になる前のことはノーカンだろうが！　だったらてめぇらの過去の罪状を根掘り葉掘りあげてやろうか!?　お前ら甲斐性なしどもが、どうにか生きてけるのは、冒険者の掟に従ってるからだろうが！　掟を破ればどうなるかわかってんだろうな!?　いいか？　今後、この件でこの娘に手を出してみろ！　ただじゃすまさねぇからな！」

えーと。うん。

ヤクザだ。

モンスターもヤクザだけど、冒険者もヤクザだな、これ。

てことは、冒険者とモンスターの戦いって、抗争みたいなもんなんだろうか？

キレてた冒険者たちはというと、それ以上何か言うこともなくすごすごと出ていった。

他の奴らも、もうちょっかいかけてくることはなさそうだった。

「と、つい熱くなってしまいました」

「あ、はい」

スアマちゃんが引きまくっていた。そりゃなー。私もちょっとびびったし。

「ですが、このようなことは今後なさらないようにお願いいたします。冒険者同士の諍《いさか》いは基本的には御法度。厳しい沙汰が下されることもありますので」

「はい。気を付けます」

びしりと言われてしまって、スアマちゃんも素直に頭を下げる。

あー、私もちょっと考えなしだったかなー。そこら辺はもうちょっとうまくやんないとね。

けど、最悪のところ、適当に暴れてどうにかすればいいやって考えが根本にあるんだよなー。

そのあたりは使い捨てモンスター気質っていうかな……。まあ、今後どうにかしなければって点だとは思う。

「さて。冒険者になりたいとのことですが……なりたいだけでしたら登録をしていただくだけで誰でもなることができます。こちらの用紙に必要事項を記入してください」

受付のお姉さんが、ペンと用紙を渡してきた。

すると、スアマちゃんがちょっと困った顔になる。

「代筆は有料でやってますよ？」

でも、スアマちゃんに恥をかかせるわけにもいかないよね。ってことで、ちょんちょんとスアマちゃんをつついた。

「あっちのテーブルを借りよう」

「あ、はい」

てことで、さっきの臑が折れた冒険者と仲間たちが去っていった後のテーブルにつく。

腰から下が生える下半身モードになってね。じゃないと、椅子に座れないし。

「私、人間言語スキル＋2を持ってるから、読み書きもできるの」

「ハルミさん、モンスターなのに、すごいですね」

ということで、さらっと登録用紙に書き入れる。

書くのは、名前とか出身地とかだった。

特技とか装備なんかも、特徴的なやつは書いておくと、冒険のお誘いを受けやすくなったりするらしいんだけど、今のところは特になし。

ん？　なんか周りがざわついてる？

「ちょっと目立ってますね」

「あー、まあねー」

腰のあるミミックが椅子に座って、字を書いてるってのは、さすがに目立つのか。ま、別にいいけど。

今後も無遠慮な視線にさらされることはあるだろうけど、こんなのは堂々としているに限る。

「字なら私が教えてあげるよ」

「ほんとですか！」

「おいおいね」

スアマちゃんは聡明な感じがするし、ちょっと教えたらすぐに覚えるんじゃないだろうか。

用紙は書いたので、受付に提出した。

問題はなかったらしくて、お姉さんは少し奥に引っ込んでから、すぐ戻ってきた。

「こちらが冒険者カードです。常に身に付けておいてくださいね。そこらの冒険者さんを見たらわかるように、だいたいはカードホルダーに入れて、ストラップで首から下げてます。カードホルダーはあちらでどうぞ」

お姉さんの視線を追ってみると、売店らしきものがあった。せこいなー。

「あの。この冒険者登録というのは他のギルドでも有効なものなんでしょうか」

「はい。他の街でも同様に、冒険者としての身分証明にお使いいただけますよ。ただ、このカードには実績が記録されていきます。たいした実績がなければ、たいして信用を得ることはできませんので、その点はご注意を」

ふむふむ。他でも使えるなら、便利かもね。

「そして、まずはジョブを選択して登録していただく必要があるんですが、ジョブは装備で決まりますので、対応する武具を装備していただく必要があります。戦士でしたら、剣と盾。魔法使いなら杖。みたいな感じなんですが、スアマさんはモンスター使い志望でしたよね。でしたら、モンスターならしの杖がそうですね。こちらも売店でどうぞ！」

「その。よくわからないんですが、杖を持ったら魔法使いになれて、魔法が使えたりするものなんでしょうか？」

「前半は正解。ギルドが認める武具を装備すればその人は魔法使いとして扱われます。後半は不正解。別に杖を持ったから魔法が使えるわけじゃありません。魔法は自分で勉強して使えるようになる必要があります。モンスター使いも同様ですよ。ま、スアマさんは大丈夫なようですけど」

ん？　だったら、ジョブってなんなの？　って気がしないでもないけど、ギルドが能力をカテゴリー分けするために使ってるのかな。

ま、杖がいるってことなら仕方がないので売店へと向かう。

「あの、私、お金持ってないんですけど……」

スアマちゃんが恐る恐る言う。

「大丈夫。私が持ってるから。けど、スアマちゃん。私がいなかったらかなりヤバイ状況なんじゃない？」

「そうですね……けど。ハルミさんが来なかったら、そもそも生き延びてはいられなかったと思います」

あ、恩着せがましい感じになっちゃった。そんなつもりじゃなかったんだけど。

で、宝箱の蓋を開けて、お金を取り出す。

これは、アルドラ迷宮で倒した冒険者たちが持っていたもの。人間のお金はモンスターにとって価値はないんだけど、なんとなく取っておいたのだ。

「足りなかったら言ってね。まだあるから」

「これ……金貨……ですよね。私、見たこともなかったです」

う。これはちょっと危ういな。私も人間の価値基準を知らないし。金銭感覚を勉強しとかないと。

ま、ギルドの売店で極端にぼったくられることはないとは思うんだけど。

とりあえず必要な、モンスターならしの杖とカードホルダーを買ってみた。何がいいのかはよくわかんないので、とりあえずは店員さんにお任せだ。

「なんていうんでしょうか。布団叩きのような」

「うーん、ゼンマイ?」

杖の長さは、石突きを地面に付けた状態で、スアマちゃんの肩のあたりまである。

先端部分はぐるぐると大きなゼンマイ状になっていた。

このゼンマイ部分でモンスターを叩いてしつけたりするっぽい。

あと、勢いよく振ると、ゼンマイ部分が伸びて鞭《むち》っぽくもなるらしい。

「はい。ではこれでモンスター使いとして登録が完了いたしました」

受付に戻ってお姉さんに杖を見せると、無事登録することができた。

「あの、こんなぐらいのことで冒険者になれちゃうんでしょうか? 冒険者って大怪我も簡単に治ったり、死んでも生き返ったりできるんですよね?」

ああ、そんな話もしたっけな。確かにちょっと書類を書いて、装備を揃えただけでなれるなら誰でも冒険者になっとけばいいんじゃね? とは思うよね。

「怪我を治すのも簡単ってわけでもないですし、死者蘇生は難易度が高いですけどね。まあ、確かに普通の人間ではなくなってしまうといいますか、この手続きを終えることでスアマさんは、冒険神エストの信徒になったんです。冒険者が得られる恩恵というのは、エストの加護なんですね」

「あ、あの！　私、豊穣神のロコメコ様の信徒なんですけど」

「あ、知らなかったの？　冒険者になるってことは改宗することになるんだけど……その、エストは改宗を許してないから、もう元には戻れないの」

「そうなんですか……いえ、わかりました」

スアマちゃんは寝耳に水って感じだけど、後には引けないということで覚悟を決めたみたいだった。

ちなみに、たいていの人間は改宗で二の足を踏むらしい。冒険神の加護はすばらしいものの、冒険者の掟はなかなかに厳しく、好き好んで冒険者になる人間はそんなにいないのだそうだ。

「さて。ギルドの受付としての仕事はこれで終わりです。ここからは個人的な提案なのですが、モンスター使いの先輩にお話を聞いてみるのはどうでしょう？」

ま、さすがに、このままでモンスター使いでござい、ってわけにもいかないよね。

受付のお姉さんが、何人かモンスター使いの人について教えてくれた。

ということで、モンスター使いの人に会いにいってみよう！

12話　モンスター使い

冒険者ギルドを出て、モンスター使いが住んでいるという家へと向かうことになった。

日が暮れつつある街の中を、スアマちゃんと並んでとことこと歩いていく。

乗せてあげてもいいんだけど、たいした距離でもないし、街中だと余計に目立つのでやめておこうということになったのだ。

「でも、改宗するだけで冒険者になれるというのは、得られるメリットのわりにはお手軽すぎるような気もしますね」

「でも、もう普通の生活はできなくなっちゃうから、それをデメリットに感じる人間も多いんじゃない？」

冒険者は様々な掟に縛られている。その中には冒険や戦いを強制されるものもあったりするので、平和に暮らすことは二度とできなくなってしまうのだ。

「ま、簡単になれるとしても、だいたいはすぐに死んじゃうんだろうね。で、使い物になる奴だけが冒険者として生きていけるようになるってことかな」

そのあたりはモンスターと一緒だ。レベルの低い奴は使い捨て感覚でガンガンと戦いに放り込んでいって、生き残ればそれでよしって方法なんだろう。

で、金やら地位やらがあればガイド付きで手厚く守られながら冒険することもできるって感じか。

ああ、世知辛い。

「で、勘違いしないでね。私たちは冒険者をするつもりはないよ。これは人間社会に紛れ込むための偽装なんだから」

スアマちゃんがちょっと浮かれてる感じだったので、一応釘を刺しておく。

スアマちゃんに冒険者として実績を積んでもらうつもりなんてまるでないのだ。

モンスター使いに話を聞くのも、偽装をより完璧にするためにすぎないしね。

「私の目的の一つは、冒険者を殺してレベルを上げること。スアマちゃんもそれに荷担するってことを忘れないで。そう、スアマちゃんは、ミミックの甘言に誘われて闇落ちしてしまったのだ！

闇の軍勢の一員になっちゃったのだよ！」

総数二名の闇の軍勢だけどな！

「はい……覚悟はできています」

まあ、目的地に着いたらスアマちゃんは解放してもいいんだけどね。

とりあえずは人間の仲間がいたら中央大陸を旅するのが楽かなって程度のことであって、北の大陸まで連れていく意味はまるでないし。

そんな話をしながら歩いていると、すぐにモンスター使いのドルホイさんちに到着した。

「村長さんのお屋敷より立派ですねー」

こじゃれた感じの屋敷だった。

なんでも、冒険者というのはたいていその日暮らしで転々としているらしく、定住しているのは珍しいらしい。

まあ、金がないってのが主な原因なんだろうけどね。この屋敷の主は銀級の冒険者で、例外的に人生上がりってぐらい金を稼いじゃったらしいのだ。

庭を通って玄関へ。

スアマちゃんがノッカーを叩くと、すぐにドアが開かれた。

出てきたのはメイドさんだ。

けど、妙に背が高い。不思議に思って足下を見てみると、蛇だった。

ラミア種のモンスターだ。なるほど。家のことは使役してるモンスターにやらせてるっぽい。

「ギルドより話は伺っております。こちらへどうぞ」

おお。人間言語スキル持ってんのか。やるな、君！

ラミアさんが応接室に案内してくれるので、素直に従う。

「その、女の子のモンスターばかりですね」

「うん。私も気になってた」

応接室までの間に見かけたのは、ハーピー、ケンタウロス、マーメイド、ドリアード。

みんな女の子で、メイド服を着て働いていた。

なんかすごく趣味の偏りを感じるんだけど。

まあ、人の趣味なんてどうでもいいか。ソファに座ってちょっと待ってると、ドアが開いて男が入ってきた。

貴族っぽい格好の優男だ。名前はドルホイさんで、凄腕のモンスター使いのはず。

「やあ！　君がモンスター使いを目指しているというレディな……ぎゃああああああ！」

で、そのドルホイさんは部屋に入ってくるなり、飛び下がって出ていってしまった。

ん？

どうしたんだろ？

「あの、大丈夫ですか？」

スアマちゃんが、立ち上がって廊下に出たので、私もついていった。

ドルホイさんは、尻餅をついていた。

「なななな、なんで、レベル１０２なんてバケモノがこんなところにいるんだ！」

あ、原因は私か。

そういや私はまだ鑑定系のスキルを取ってないから、普通の冒険者がどの程度のレベルなのかとかよくわかってないんだよね。

けど、今まで騒がれてなかったのはなんでなんだろ？

「あの、安心してください。ハルミさんは私が使役してるモンスターで……」

「う、嘘を吐《つ》くんじゃない！　そいつは、野良だ！　誰にも使役されてないし、できっこないだろ！」

お。そんなこともわかるんだ。

けどまいったな。こっちの素性はバレバレのようだし、これじゃあろくに話を聞けない。

「はろはろー！　私、ミミックのハルミ。素直に知りたいこと教えてくれないなら、ぶち殺すけどOK？」

ずずいっと、ドルホイさんに近づいて訊いてみた。

「わ、わかった！　なんだかわかんないけど、教える！　教えるから！」

交渉成立！

＊＊＊＊

応接室。

私とスアマちゃんは並んでソファに座って、向かい側にドルホイさんが座っている。

「で、なんなんだね、君は……」

落ち着いたのか、ドルホイさんがようやく口を開いた。

「詮索はしないこと。質問はこっちからするから」

「は、はい！」

「まず。私たちは、モンスター使いと、使役モンスターに見えないんだよね？　それはなぜ？」

「なぜって……そんなの、ステータスを見ればすぐにわかる。モンスター使いのステータスには、使役モンスター数が表示されるし、モンスター側には、使役状態が表示されている」

「おおう。いきなり計画が破綻したな！　けど、ここに来るまでは特に騒がれなかったけど？」

「それは、君がミミックだからだろう。ミミックの持つ擬態スキルには、ステータスを偽装する効果もあるんだ。でなければ、ダンジョンで宝箱のふりをしたってすぐにばれてしまうだろう？　もっとも僕ぐらいのモンスター使いが相手となると通用しないけどね！」

お、なんかしゃべってるうちに調子にのってきやがったな。まあ、いちいち怯えられるよりは話しやすいか。

「じゃあ、モンスター使いのふりをするにはどうしたらいいと思う？」

「そうだな……一般の冒険者が相手なら問題はないだろう。使役状態の可視化は、モンスター使いのスキルだからね。そのモンスター使いの目を欺きたいなら、擬態のレベルをもっと上げるしかないだろう」

ふむふむ。擬態のレベルか。総合レベルが上がったら、擬態できる数は増えたけど、それとは違うのかな。そのあたりは誰か詳しそうなモンスターを見かけたら相談してみよう。

「じゃあ、次の質問。私みたいなミミックって不自然じゃない？　自分でもちょっと変かなーって思ってるんだけど」

ミミックの仲間はダンジョンにいたけど、手足は生えてなかった。

街中でもじろじろと見られてたし、存在自体がおかしいってことになるといろいろと困る。

「ミミック……としてはギリギリありってところかな。そもそもミミックというのは亜種が多いんだ。君の場合は……ベースはミミック・トレジャー・ボックスで、手足が生えてるのは疑似餌の一種と考えれば……そういうミミックだと言い張るのは可能だろう」

　疑似餌ってあれか。アンコウの提灯みたいなやつか。

「ふむふむ。ということは、宝箱じゃないミミックもいるってこと？」

「壺や岩などベース形態は様々さ。何に擬態しているにせよ、冒険者が近づいてくるのを待って攻撃をしかけるといった生態には変わりないけどね」

「でも、やっぱ珍しがられるのは避けられないかー」

「それが嫌なら、使役モンスターを増やすんだね。複数のうちの一体ならそう目立つこともないだろう。普通のモンスター使いなら、一体のみの使役ということはないからね。戦闘時にのみ召喚というスタイルもあるんだけど、ふりをするなら、常時何体かそばに置いたほうがそれっぽいだろう」

　ということで、モンスターの捕まえ方やら、モンスター使いの戦闘スタイルなんかをざっと教えてもらう。

「こんな感じでいいかな？」

「そうだね。じゃあ、私の正体を知ってるドルホイさんは始末して……」

「ちゃんと教えたじゃないか！　それはあんまりだろ！」

「えー？　でもさー、生かしとくメリットなくない？　ギルドに報告とかされるとめんどうだしさー」

「君たちのことは誰にも言わないから！」

んー。まあ、ここで始末したらほぼ自動的にスアマちゃんが犯人扱いされるだろうし、それはそれでまずいんだよね。

けど、誰にも言わないなんて言葉を、はいそうですかと信用することもできない。

そこで。

「じゃあ契約しようか。一回だけ、ドルホイさんの召喚に応えてあげるよ。だから私たちのことは内緒ね」

モンスター使いがモンスターを使役するには主に二つの方法がある。

一つは屈服させて隷属させる方法。もう一つは契約によるもの。って、さっきその説明を聞いたばっかなんだけどね。

「そーだねー。応えるかどうかは、こっちの自由。応じた場合は、一分だけ全力で戦って、その後、元の場所に戻してね。あ、召喚と帰還に必要なソウルはそっち持ちね。あと、約束を破って私たちのことを喋ったら、死んでね」

「ず、ずいぶんと一方的な……いや、レベル１００超えモンスターの力を一回でも借りられるのなら、破格なのか……」

ただ脅したって、ここを離れたら無意味。約束を守らせるならギブアンドテイクは必要だよね。

「いいだろう。契約しようじゃないか。コントラクトスクロール！」

ドルホイさんが、どこからともなく巻物を取り出す。

そして、契約内容を書き入れた。

「あの、ハルミさん。大丈夫ですか？　なにかわかりにくい、不利な条件が付け足されてるようなことは」

スアマちゃんが小声で耳打ちしてくる。この子は気がきくなー。

「うん、大丈夫。一方的に不利な契約とかは、警告が出るから」

今、私の目の前には、巻物に書かれた条項が浮かび上がっている。私が言ったとおりの内容で過不足はない。

そして、

『契約しますか？　はい／いいえ』


の文字。

怪しい内容なら、ここで警告が表示されるのだ。

うん。そういうシステムなんだよ！

ということで、ぽちっと『はい』を押す。

巻物がぴかっと光って契約完了。巻物は人間側が保管する。

モンスター側は、いつでもステータスウインドウから契約を確認できるってわけだ。

「さてと。じゃあ契約記念ってことで、何かモンスター使いっぽいアイテムちょうだいよ。スアマちゃんは杖しか持ってないし」

「ちょっと待て！　なんだそのずうずうしさは！」

「いいじゃんー、可愛い後輩にプレゼントしたってさー！　ほら見てよ。スアマちゃんはこんなボロい服しか持ってないんだよ？　可哀想だと思わない？　お下がりとかでいいからさー」

契約はもう関係ない。ここから先は厚意に甘えるのだ！

「と言われてもな。レベル１で使える装備となると……ああ、あれがあったか」

ドルホイさんが指をぱちんと鳴らすと、ラミアの人がやってきた。で、何やら指示して何かを持ってこさせた。

一つは服だ。可愛らしい感じの女の子用の服。

「おお！　これはなんかものすごい装備だったり？」

「ただの服だよ。多少高級ではあるけどね」

「ぶーぶー！　けちくさいなー！　もっといいもんよこしなよー！」

「モンスター使い専用の能力に補正がかかる装備ももちろん持っているが、レベル１だとどうしようもないんだよ」

「えー？　必要レベル除去とかできないのー？」

「必要レベル除去？　そんなことできるわけがないだろ。噂ぐらいは聞いたことはあるけど、どこでどうやればそんなことができるのかなんてわかるわけもない」

んー？　私の装備してる、深紅の薔薇がそれをしてるってことだったけど、これって一般的なことじゃないのか？

となると、あの盗賊は何者なんだよ、って疑問が……。

まあそれは今考えても仕方がないか。

「本命はこちらだ。結束の絆という指輪だよ」

ドルホイさんは指輪を二つテーブルの上に置いた。これが二つ目だ。

「これは、赤と青の指輪の二つからなっているアイテムだ。必要レベルは30だけど、装備するどちらかがレベルを満たしていれば問題ない」

「これは二人で使うもの？」

「もっと用意できるなら二人以上でもいい。効果は、赤が受けたダメージを、青に肩代わりさせるというものだ。モンスター使いが裏技的に使うものだね」

「ほほう……モンスターに青を無理やりつけさせて、身代わりにさせるってこと？　お主も悪ですなぁ」

「人聞きが悪いが、そういうことだ。死ぬほどのダメージを喰らったとしても赤は無傷で、青を付けた者が代わりに死ぬ。青が吸収しきれなかったとしても、死ねばそこでダメージはキャンセルされるんだ」

さすがにこれを人間同士で使うのは御法度ってことなんだろう。

「へえー。なかなか便利そうだけど、もらっちゃっていいの？」

「自分からよこせと言っておいて……。いいんだ。もう僕には必要ない」

「じゃあもらっとくよ」

さっそく付けてみる。

私は両手に、欲深き者の指輪をつけてるので、左手のを外して青の指輪を装着。

スアマちゃんは、赤の指輪だ。

「あ、そういやスアマちゃんは今日何も食べてないよね？」

「はい、おなかぺこぺこです」

「飯までたかる気なのか!?」

ドルホイさんが驚きに顔を歪ませる。

「え？　もう夕方だし、どうせなら明日まで泊めてもらおうかと思ってたんだけど」

すっごい嫌な顔をされたけど、帰れとは言われなかった。

13話　ＳＩＤＥ：闇の森の冒険者ギルド

闇の森近くにある街。そこにある冒険者ギルドは騒然としていた。

モンスターがやってきたからだ。

全身が黒い獣毛で覆われた、角と翼と尻尾を備えた二足歩行の獣。見るからに強力で、禍々《まがまが》しい気配を発している。

その場にいた冒険者はあわててステータス鑑定を使用したが、彼らでは何もわからなかった。ステータスが隠蔽されているのだ。

「てめぇ！」

恐怖に耐えかねたのか、自暴自棄になった冒険者がモンスターに突撃する。


ばしん！

冒険者はモンスターの尻尾で軽くあしらわれた。幸い死んではいないようだが、壁に激突して気を失っている。

「てめぇら！　この方をなんと心得る！　極天のガレリア様だぞ！　頭がたけぇんだよ！」

受付嬢が一喝する。

すると浮き足だっていた冒険者たちもぴたりと動きを止めた。

「……って言われてもな。モンスターだろ、あれ？」

「人間要素ほぼないよな？」

「いや、まあ、エクレアさんが言うならそうなんだろうけどよ……」

ガレリアと呼ばれた、どう見てもモンスターな存在はゆっくりと受付へとやってきた。

「久しいな。エクレアよ」

「お師匠様……そのお姿で街を出歩くのはお控えくださいと、以前から言っているじゃないですか……」

「あえて人の姿を取るのは非効率なのでな」

「それで、どのようなご用事で？　一門を引き連れてなどただ事ではないようですが」

ガレリアの異容にばかり注目していた者は気付いていなかったが、ガレリアの後ろにはぞろぞろと人が連なっていた。ローブをまとい、杖を持った魔法使いの集団だ。

「ノートンが殺られたのだ。復讐をせねば、我が一門の沽券に関わる」

「まさか……ノートン殿が殺られるなど」

「このあたりでミミックについて何か噂はないか」

「ミミックですか？　……そういえば、ミミックを連れたモンスター使いの少女が来ましたが」

「まず間違いないだろう。街中をうろつくミミックなどそういるわけもないしな。その少女というのはカモフラージュのために連れ回しているのか。不憫なことだ」

ガレリアは異様な風体ではあるが、無関係の少女を心配するなど常識的な部分もあるようだった。

「ミミックを連れた少女には、モンスター使いのドルホイという男を紹介しましたので、そちらに向かったはずですが」

「そうか。助かった」

ガレリアが踵を返す。

「あの！　私も一緒に……」

「お前にはギルドの仕事があるだろう」

そう言われては無理についていくこともできないのか、エクレアは渋い顔になる。

ヨハンはそんな様子をギルドの隅でひっそりと観察していた。

14話　森

ドルホイさんちに泊めてもらって、翌日の朝。

朝ご飯も食べさせてもらった後、私たちは森にやってきた。

うす暗くて、見通しが悪くて、足下がでこぼこしてたり、ぬかるんでたり、じめじめしてたりと、どうにも陰気くさい、モンスターがうろつきまわっているダンジョンの森だ。

うん。ダンジョンって地下迷宮のことじゃないの？　と思うかもしんないけど、モンスターが占有支配してる領域がダンジョンって呼ばれてるの。これはそーゆーことなので異議は認めない。ま、私に異議申し立てられたってどうしようもないんだけどね。

森は街のすぐそばにあって誰でも入れるようになっている。まあ森だしねー。私の故郷である、アルドラ迷宮だと入り口に見張りがいて入場管理をやってたけど、森だとどこからでも入れるしそういうわけにもいかないんだろうね。

「ハルミさんは、ここにはなんのために来たんですか？」

私は、宝箱改二状態、腰から下が生えてる状態で、スアマちゃんは隣を歩いていた。

「特に用事はないんだけどね。ご近所のダンジョンだから挨拶がてらっていうか。ま、ポイント使えるお店とかがあると思うから、そこで買い物したりとか」

モンスターが強くなるには様々な方法がある。

ソウルを集めてもいいし、戦いの場に身を置くことで突然スキルに目覚めたりとか、スキルが派生したりなんてこともあるらしい。

何かの技術を修めてもいいし、魔法を勉強して身に付けるなんてのもある。

けれど。一番手っ取り早いのは、ポイントでスキルやらアイテムやらを買ってしまうことなのだ。

ポイントはモンスター間で使用されている信用単位。

なので、モンスターが集まってる場所でならどこででも使えるはずだった。

「とりあえず鑑定系のスキルは買っときたいんだよねー。あるとなにかと便利そうだし」

「そんなお店が森の中にあるんですねー」

「他にはスアマちゃんのレベル上げとか？　さすがに今のままだと弱っちいし……ってああ！」

「どうしました？」

「スアマちゃんは何を倒せばいいんだ!?」

そう。

ターゲットが問題なのだ。

この森は赤の陣営。つまり私の仲間モンスターがいる場所であって、さすがになんの理由もなく経験値にしてしまうわけにはいかない。

かといって、冒険者が冒険者を倒すのは御法度ってことらしいし。

「うーん。まあ、私が冒険者を倒せばいいのかな。私はスアマちゃんの使役モンスターじゃないから、スアマちゃんのリザルトにはならないはずだし。とりあえず近くにいればスアマちゃんもソウルを吸収して強くなるんじゃないかとは思うんだけど」

ということで、右手の指に付けていた欲深き者の指輪を外す。これを付けてると手近なソウルは全部私が吸収しちゃうからね。

一番いいのは、この指輪をスアマちゃんに付けちゃうことなんだけど、これはレベル20以上じゃないと装着できないのだ。

「じゃあ何をするにしても、まずはメンテナンスエリアに行きますか」

とは言うものの、どこにそんなのがあるかなんて知らないんだけどね。

あるとしたら、森の中心部とか地下とかかな。

普通なら到達できない場所にあるはずだけど、そんな場所を探していたら日が暮れてしまう。

けど、私にはこれがある！

宝箱の蓋を開けて舌を使ってそれを取り出す。

「じゃじゃーん！　裏口パスポートー！」

スアマちゃんが、私の持つ紙切れをしげしげと見つめている。

「これはね、メンテナンスエリアに直行できるモンスター専用アイテムなのだ！　アルドラ様が持たせてくれたんだー」

「どうやって使うんですか？」

「ダンジョン内でそこら辺に貼り付けたら扉ができるみたい。森に入ってすぐだと人通りも多いだろうし、使ってるとこ見られるのも困るからここまでやってきたんだけどね」

「その、ハルミさん。誰か来るみたいですけど」

なぜかスアマちゃんが申し訳なさそうに言う。

「うん？」

言われてみれば、何かの気配が森の外側のほうからやってくるのがわかった。

ざくざく、べたべた。

木々で見えないけど、何かが歩いてきてるのは確実だ。

あー、やっぱ索敵系の能力は必要だよねー。

戦闘力が上がっても、どっかの達人みたいに、殺気を感じとって背後からの攻撃をさけたりってのはできる気がしないし。

どうしよっかなぁ。

モンスターなら一応赤陣営の仲間だから特に問題はないはず。スアマちゃんも私の獲物だってことにしとけばそれ以上何か言われたりはしないだろう。

人間だとすると森にわざわざ入ってくる時点で冒険者なのは確実なんだけど、その場合はスアマちゃんがちょろっと挨拶すればいい。

どちらにしろ、やりすごしてからパスポートを使えばいいはず。

向こうもこっちには気付いてるだろうから、今さら逃げ隠れするのも変だしね。ここは堂々と待ち受けようじゃないか。

「へへっ。追いついたぜ」

と、やってきたのは見たことのある奴らだった。

もう、なんというのか。

見た瞬間にこいつらが何をしにきたのかわかってしまった。

昨日、冒険者ギルドでからんできたおっさんとその仲間たちだ。

おっさんは足を折ってやったんだけど、ぴんぴんしてる。アイテムとか魔法で治したのかな。

「ねえ？　冒険者同士の争いは御法度ってことじゃなかったっけ？」

「あーん？　ダンジョンの中で何が起ころうと、どうやってギルドがそれを知るってんだ？　ダンジョン内での冒険者の生死は自己責任ってやつだぜ？　……ん？　なんかこいつ妙に流暢に喋りやがるな？　それになんか大きくねーか？」

あ、片言忘れてた。まあいいか。

「質問！　ダンジョン内での戦いはギルドカードに記録されるって聞いたよ？　冒険者同士の諍いも記録されるんじゃないの？」

「はっ。なんか余裕ありげだと思ったら、そんなことを拠り所にしてやがるとはな。いいか？　ギルドカードの記録をごまかしたりはできねぇ。けどな、最初から記録しないのは簡単なんだよ！」

「ちなみにそれはどうやって？」

「何も難しいことはねぇ。カードの裏にある停止ボタンを押せばいいだけだ。それだけで、お前らの身に起きる惨劇は誰にも伝わらねぇってことになる！」

「ほうほう」

と、感心してると、スアマちゃんはさっそくカードの裏のボタンを押していた。

うん。この子は実に察しがよくて好き。

「ひさびさのミミックピンボール！」

手近な木に飛び蹴りかまして、反動で冒険者どもに飛びかかる。


がががががが！


縦横無尽に木の間を跳びまわってみれば、あっという間に冒険者は全滅だ。

うん。こういう場所は立体的な機動を活かせるのでいいね。

「あ、スアマちゃん！　早くこっちに来て！」

「は、はい！」

スアマちゃんがとことことやってくる。

「どう？　強くなった？」

「どうなんでしょう。よくわかりません」

拡散していくソウルを吸収できるはずなんだけど、どうなんだろ。私、他人のステータスわかんないからなぁ。

ま、地道にやってくしかないかな。

ソウルの吸収にはいろいろとルールがあるのだ。実際に倒した人が吸収しやすいとか、より強いほうが吸収しやすいとか。

つまり、側にいただけで戦ってない人はそんなに吸収できない。世の中そんなに甘くないのだ！

「あ、そういやさ。スアマちゃんは自分のステータスわかんないの？」

「ステータスってなんですか？」

てか、普通はどうやってるんだ？

私の場合はなんとなくそういうもんだと思ってたんだけど、冒険者はどうなんだろう。

冒険者もレベルがどうとか言ってたから、そのあたりはモンスターと同じような感じかと思ってたんだけど。

「ま、そのあたりはまた誰かに聞けばいいか。さて。邪魔者もいなくなったことだし」

パスポートを使ってみよう。

そこらの木にぺたりと貼り付ける。

「どうなんのかなー。わくわくするよねー」

「あ、何か光ってますよ」

パスポートが輝きはじめて、そして。

ぶわっ。

と燃えだした。

「へ？」

もしかしたら、これが起動の合図なの？

とか思ったけどどうもそうじゃなくて、単純にパスポートが燃えているだけのようだった。


ばさばさばさ！


と鳥たちが一斉に飛び立つ音がする。

妙に静かになって、ただでさえうす暗い森がますます暗く思えてきた。

「なんとなくだけどやばい感じがする」

「ハルミさん。その、いつの間にか周りに……」

うん。さっき達人じゃないから殺気とかわかんないなーとか思ってたけど訂正。

あからさまなやつは私でもわかるわ。

私たちは、どこからかあらわれたモンスターに囲まれていた。

って、なんで？　ここアルドラ様の知り合いのダンジョンだよね？　こんな殺気向けられる筋合いないと思うんだけど？

と、すぐに気付いた。

こいつら、赤の陣営じゃない。

青の奴らだ。

そして合点がいく。

このあたりは赤陣営が支配してる土地のはずなのに、なぜかスアマちゃんの村には青陣営のモンスターがやってきた。

ということはだ。青の拠点がこのあたりにあるってことなのだ。

で、今の状況から察するに、ここは青の奴らに乗っ取られてしまったってことなんだろう。

「無効になった赤のパスポートを使おうとするということは、ろくに事情を知らん奴のようだな」

そう言いながら前に出てくる奴がいる。

青い肌をしていて、額には一本角。貴族っぽい人間の服を着たモンスターだ。

「だがどんな事情だろうと赤の奴なら死んでもらおうか。我が名は魔将軍——」

「ミミックミサイル！」

「ぼげぇ！」

どてっぱらに、宝箱の角を喰らわせてやった。

吹っ飛んだところに、さらに飛びかかって。

「爆裂脚！」

どっかーん！

魔将軍のなんとやらは木っ端微塵だ。

青は皆殺しにしろって言われてんのはこっちも同じ！
さあ、お前らも経験値になってしまうがいい！

15話　襲撃

まずは、一番強そうなのを倒した。

残りの奴らもそこそこは強そうだけど、まあなんとかなるでしょ。

問題は二つ。

敵がばらけてるので、まとめて爆裂ってわけにはいかないってこと。

それと、私は魔将軍なんたらを吹っ飛ばしながら、囲みを抜けた形になってるけど、スアマちゃんはまだ囲みの中だということか。

ま、冷たいようだけど、スアマちゃんは無視する。

ここで下手に守る姿勢を見せると、人質にされちゃうかもしれないし。

モンスターと人間が一緒にいて、つるんでると思われる可能性は……それなりにはあるかもだけど、守りながら戦うよりは速攻で片付けるほうがいいはず。

それに、結束の絆の指輪で、スアマちゃんのダメージは私が肩代わりすることになるからたぶん大丈夫。大丈夫だよね？　試してないから、どんなことになるのかわかってないけど。

「うりゃあ！　ミミックハイキック！」

ダッシュで猿っぽいモンスターに近づいて、蹴りを繰り出す。

どごん！


猿の頭がふっとぶ。

これなら爆裂は使うまでもない。というか乱戦で爆裂使うと、スアマちゃんが巻き込まれそうなので、今回は極力使わない。

次！

またダッシュ。けど、若干のタイムラグ。

そう。当たり前の話だけど、移動に使う足で攻撃するというのは、若干不便な話ではあるのだ。

走りながら蹴るのはけっこう難しくて、腰の入った蹴りを放つには一瞬立ち止まる必要がある。

通りすがり爆裂脚なんてことをやったこともあるけど、あれは相手がよっぽど油断してないと通用しないはず。

さっきの魔将軍ほげほげへの攻撃を体当たりから始めたのはそれが理由だ。いきなりの蹴りは通用しないと本能的に思ったのだよ。

次の敵は剣と盾を持った蜥蜴《トカゲ》男。

さっきの猿はまだぼんやりしてたけど、こいつはもう確実にこっちの動きに反応してる。

けどまあ、あれだ。

「ミミックミサイル！」

私の頑丈さをなめるな！

盾で防御？　そんなの関係ない！

地面を蹴り、加速。

まっすぐに蜥蜴男に突っ込む。


がしん！


盾めがけて宝箱ボディで突撃。

防御なんて崩せばいい！

蜥蜴男が踏ん張る。けど、勢いを殺しきれずに、盾が跳ね上がる。

「おらぁ！　ミミックニーキック！」

片手で蜥蜴男の首を摑んで前傾させるとともに、膝を腹へと炸裂させる。


ぼん！


蜥蜴男の背中側が破裂。

そして、そのまま蜥蜴男をぶん投げる。

豚男は蜥蜴男を喰らってそのまま撃沈。

「とぉ！　ミミック踵落とし！」

飛び上がり、ケンタウロスの馬部分に上から襲いかかる。

お前、的がでかすぎんだよ！

弓を撃とうとしてたけど、私のほうが速い。

馬の胴体は私の斧のような踵の一撃であっさりと両断だ。


ガキン！


む。背後から攻撃された。

視点を背後へと移せばカマキリ男が。今のは鎌か。ま、どうということもなかったけど。

「ミミックバックキック！」

腰を入れて背後へ蹴りを繰り出す。カマキリ男は鎌をクロスして防御しようとしたけど、蹴りは鎌をへし折りながらボディへと炸裂。

カマキリの細い身体はあっさりとへし折れた。

ここまでやると、敵も実力差に怖じ気づいたのか、ワードッグとスケルトンが背中を向けて逃げ出した。

「ふふっ！　私から逃げられるわけがなかろう？」

あ、なんか変なテンションになってる。

ダッシュで、逃げた奴らの前へと回り込む。

うん。こいつらは雑魚中の雑魚だな。

「お、おまえ！　何者だ！　その強さはなんなんだ！」

「まあ、何者かと聞かれても答えは毎回同じ。通りすがりのミミックです！」

ちょんと蹴る。

敵はたいした攻撃じゃないと安心してるようだけど。

ま、スアマちゃんからは離れてるから大丈夫だろう。

「爆裂脚！」


どっかーん！


二匹まとめて粉々に。

「ハルミさん！　大丈夫ですか！」

敵が全滅したので、スアマちゃんが駆けよってくる。

「うん。これぐらいの奴らなら楽勝だね！」

お、ちょっとレベルが上がったかな。

魔将軍ふがふがはそれなりの経験値だったんだろう。

「けど、ここが青陣営になってるなら、もうここにいる必要はないかなー」

何が起こってるのかはわかんないけど、私一人で取り返すとかそういうもんでもなさそうだし。

奥のほうに行けば、私ではかなわないようなのが出てくるかもしれないから、ここはさっさと移動だね。

「来てそうそうだけど、やばそうだから帰るね」

もちろん、スアマちゃんにも異論はない。

ということでとっとと引き返す。

幸い、そう森の奥まで進んだわけでもないので、外に出るのは簡単なはず。

簡単なはずだった。


「あうち！」


唐突に衝撃を喰らって、私はひっくり返った。

まったく警戒していなかったから、予想外のダメージに面食らう。

でも、それが攻撃だとしてもまったくもってたいしたことのないものだった。

「ハルミさん！　大丈夫ですか？」

「え、うん。大丈夫は大丈夫なんだけど……」

尻餅をついたまままきょろきょろとあたりを見回す。

もうちょっとで森の外にある街道に出られるという地点で、特に何があるというわけでもない。

けど、何もないのに攻撃を喰らうなんてのは怪しすぎる。

私は周囲をさらに注意深く観察したんだけど、やっぱり何かあるようには思えなかった。

「スアマちゃんは何か怪しい気配とか感じる？」

「気配ですか？　特には……」

スアマちゃんも一緒になってきょろきょろとしてくれるけど、二人の目をもってしても何も見つけることはできなかった。

うーん。怪しいのは怪しいんだけど、じっとしてるわけにもいかないよなー。

「ま、ちょっと慎重にいこうかな」

起き上がり、ゆっくりと歩きだす。


ごちん！


するとまたもやの衝撃。けど今回は何かくるかと身構えていたから無様にこけるなんてことはない。

「ん？　んんん？」

衝撃を感じたあたりの空間に手を伸ばす。

ぺたり、ぺたぺた。

何かがあった。見えない何かが。

手当たり次第にそこらを触っていくと、どうやらそこら一面に壁のようなものがあるらしいことがわかった。

「あの、ハルミさん、何を……」

「なんか、ここら辺に見えない壁が……って、スアマちゃんは平気なの？」

スアマちゃんは見えない壁の向こう側から、私を見ていた。

「はぁ!?　なにこれ、ちょっと！」

ガンガン！

叩いてみても蹴ってみてもびくともしない。

この私の蹴りでだよ？　どんだけ頑丈なの、これ？

「無駄だ。それはモンスターを通さぬ結界。貴様は文字どおり袋のネズミというやつだ」

そのセリフとともにそいつは唐突にあらわれた。

毛むくじゃらのバケモノ。私なんかよりよっぽどモンスターな姿をした奴だ。

瞬時にターゲッティングして陣営を判断しようとしたけど、そいつは何色にもならなかった。

つまり、人間なのだ。

そして、続々とフードを被った何者かもあらわれてくる。

「へ、へぇ？　そんな便利な結界があるならモンスター相手なんて楽勝じゃん？　冒険者たちはどうして今まで使わなかったの？」

やばいなーと思いながらも軽口を叩いてみる。

「我が一門の奥義だからよ。それに、使用には人数が必要でな。大きさもそれほど思いどおりにはならぬし、結界を構築する術者は内側にいなければならない。そう便利なだけという代物でもないということだ」

「スアマちゃんは逃げて！」

「は、はい！」

逡巡することなく、スアマちゃんはあっさりと逃げだした。

冷たいとは思わない。近くにいたってスアマちゃんにできることなんてないし、逆の立場なら私もとっとと逃げだしているだろうと思うからだ。

毛むくじゃらのバケモノはスアマちゃんを追わなかった。

術者は内側にいなければならない。とは言っても、これだけ人数がいるなら、結界の外側にも人員を配置していると考えていいはず。その場合スアマちゃんを拘束するなんてわけもないはずなのだ。

「逃げちゃったけどいいの？」

「関係ない。ターゲットはお前のみだ。モンスターに脅されて連れ回されている少女なら庇護の対象ですらある」

おお、見た目のわりには考え方がまともだった！

「ずいぶんと恨まれちゃってるみたいだけど、あんたみたいなバケモノに心当たりはないよう

な？」

「そうだな。わざわざ姿を見せてやったのはそのためだ。なんの咎かもわからずただ滅びるようでは意味がない。せいぜい後悔しながら死んでいくがいい。我が名はガレリア。貴様がアルドラ迷宮で殺したノートンの師だ！」

「……って言われてもなー。殺した奴の名前なんて覚えてないしさー」

「なに。すぐに思い出す」

そう言ってバケモノたちはふっと姿を消した。

あ、これまずい。

中の術者とやらを殺さなきゃ出られないのに、見えなくなったらどうしようもない。

くそー！

どっから攻撃してくるんだ？

さすがに、警戒してないところを攻撃されると効くんだけど？

きょろきょろとあたりを見回しても、なんの気配も感じない。

それが魔法による隠蔽工作なのだとしたら完璧だ。私にそれを見破る術はない。

「とりあえず全力ミミックピンボール！」

見えないだけなのだとしたら、適当に暴れ回れば当たるかもしれない。

そう考えて木々の間を反射し続ける。

ガガガガガッ！　ボキッ！　メキッ！　モゲッ！
威力に耐えきれずに木が折れていく。
まぁそれはそれで、敵の邪魔になるかもしれないし悪いことじゃない。
「ぎゃああ！」
そして、ちょっとばかり手応えも感じた。
やっぱり見えないだけで攻撃は効くのだ。
死んだローブの男はぼろぞうきんのような姿をあらわしていた。
よしっ！　とにかくこれを続けるしかない！

ゴゴゴゴゴゴッ！

と、希望が見えてきたところで、大地を震わすような音が聞こえてくる。
ん？　なんだ？
動きながら音の発生源を探る。
その轟音がどこから来ているのかはすぐにわかった。
上空。
何もない空間から、何かがあらわれようとしている。

「あっ！」

そして私は、迷宮の中でメテオを使おうとした馬鹿魔法使いのことを思い出していた。

16話　ミミック　VS　メテオ

メテオ？

そう思ったのと、それを喰らったのは、ほぼ同時だった。


ドゴォオオオオオオ！


むっちゃ速い。

避けてる暇なんてまったくなし。

かろうじて両手を挙げて受け止めようとしただけでも褒めてほしいぐらいだ。

けれど。

すっげースピードで落っこちてくる、巨大な石の塊を受け止めるってもう、何考えてるんだ、私！

悪手も悪手。

気付いた瞬間に全速力で逃げる以外に助かる道はなかったのだ。

私の両腕は一瞬で蒸発した。そう、手で受け止めようなんてまるで無駄。

メテオは高熱を発しているのだ。

重くて、熱くて、速くて、おまけに頑丈。

熱いとか、痛いとか、そんなことを考えている余裕なんてなくて、ただただ、凄まじいまでの圧力が私に襲いかかっている。

今、その全てを木製の宝箱ボディと、下半身だけで支えているのだった。

「ぐぉおおおお！」

かろうじて、均衡は取れている。

深紅の薔薇で頑丈になっている私のボディは、一瞬で崩壊するなんてことはなくて、メテオの威力をどうにかこうにか受け止めている。

けど、ジリ貧。

宝箱がひしゃげていくのがわかる。

熱で焦げ付いていくのがわかる。

大地が沸騰していて、自分がその中に沈み込んでいくのがわかる。

くっそー、なんだこれ！

どうしろっての!?

持ってあと数秒。ぐしゃりと押しつぶされてしまう未来がまざまざと見えてくる。

絶望で目の前が暗くなってきた。

それは、マグマの海に叩き込まれたような、ダンジョンの奥底で天井が落ちてきたかのような絶望だ。

って、比喩いらんわ！

メテオに押しつぶされそうな絶望でお釣りがくるわ。

てか、私なにやってんだろ。

こんなの抵抗したって無駄じゃん。

あっさり潰されちゃえばいいじゃん。

そしたら、もう苦しまなくていい。

ゆっくり、じわじわ押しつぶされようなんて、あほらしい。力を抜いてさっさとぺちゃんこになったほうがよほどまし。

こんな、絶望的な重さに対抗しようなんて馬鹿まるだし！

……って、ああくそっ！

ふざけんな！

諦めてたまるか！

たとえ潰されるんだとしても、最後の最後まで抵抗をやめてたまるか！


ぴろりん！

すると、何かが聞こえた。

『**スキル：自動回復＋1を習得しました**』


目の前にはこんな文字が。

あれ。そういや持ってなかったか。

深紅の薔薇には勝手に回復する能力があるようだったけど、自前でも使えるようになった？

ちょっとだけ、ましになったように思えた。

圧力は変わんないけど、回復速度がちょっと上がったのか、ひしゃげてるのとか、ヤケドとかがほんのちょっとだけ楽になったように思えたのだ。


ぴろりん！　ぴろりん！


『**スキル：自動回復＋2を習得しました**』

『**スキル：自動回復＋3を習得しました**』


なるほど。

ピンチの時のほうがスキルに目覚めやすいって感じか。

びよん！


と、自動回復がメテオの継続ダメージを上回ったのか、両腕が復活した。

焼け石に水って感じではあるけど、ないよりはましだ。

どうにかなりそうな気がしてきた。

そう。今、生きてるってことだけで、十分にこの場を打開できる条件なはずなのだ。

おそらくは、インパクトの瞬間がもっとも威力があったはず。

今は、その残り香っていうか最後っ屁っていうか、消化試合的なターンだ。

「く、ら、え！」

反撃の狼煙《のろし》的に、右腕を突き上げる。


じゅわっ！


とまたしても腕が焼け落ちる。やっぱり私の部位の中だと腕は弱いほうなのだ。

けれど。腕はまた生えてくる！

「うりゃりゃりゃりゃりゃりゃぁぁああ！」

右、左、右、左。

どうなろうとお構いなしに、天に向かって両手を繰り出す。

当たるはしから、消し飛んだ。全然効いてない。

くそっ！　だめか、打つ手なし！


ずしり。


大地が溶けに溶けて、ずぶずぶと沈み込んでいたけど、固い岩盤にまで到達したらしい。

これなら！

大地を蹴る。それにより発生した衝撃を、宝箱ボディを通してメテオに伝える。


ドガン！　みしり！

ぶっ！


鼻血！　鼻血出るわ！　鼻ないけど！

けど、手応えはあった。メテオに一矢報いた感じがする！

けれど。これじゃ駄目だ。こっちもむちゃくちゃダメージ喰らう。一撃でこっちが瀕死。自動回復がおいつかない。

で、回復を待ってたら押しつぶされて死ぬ。
自動回復もこれ以上は成長しないっぽいし。
ああ、くそ！　なんとかなりそうなんだけど！
と、そこで気付く。
アイテムがあるじゃん！
でも取り出せない？　いや、フレームが歪んで隙間ができてる！
蓋の隙間からアイテムを出して手に取る。
「ヒールポーション！」
中身を適当に身体にぶちまける。
よし！　回復！
地面を蹴る！　ポーション！　地面を蹴る！　ポーション！

みしり、みしり、みしり。

これは私がひしゃげる音なのか、それともメテオが歪む音か。
ええい、かまうか！
もうこれしかない！
我慢比べだ、おらぁ！

ドガガガガガガガッ！

地団駄でも踏むかのように、連続で地面を蹴る。蹴りまくる。
そして反動をメテオに喰らわせる。

ぴろりん！　ぴろりん！

『スキル：震脚を習得しました』
『スキル：七星連武を習得しました』

なんか派生的に手に入れたけど、この局面で使える気はしない。
今私がやってるのは、けっきょくは頭突きなのだ。
そう、宝箱はボディでもあるけど、イメージ的には頭って気もしてる。
地面を蹴って、生じた力で頭突きを喰らわす。
それを、馬鹿みたいに何度でも繰り返す。
「だだだだだだだだだだっ！」
そして、それをどれだけ繰り返したのか。終わりは唐突に訪れた。

びしり！
メテオから音が。
一度その音が聞こえてからはあっという間だった。
メテオに亀裂が走り、亀裂は瞬時に広がっていき。

どっかーん！

と砕け散ったのだ。
えーっと……やった？　やっちゃいました？
頭上を覆っていた圧力が消え失せて、腰が抜けそうになる。
まあ、まだ安心できる状況でもない。周囲は地獄絵図と化していた。
メテオの余波はまだ周囲に渦巻いているのだ。
森は衝撃波で吹き飛び、大地はマグマと化し、空気は灼《や》けている。
って、よく生きてたな、私！
ああ、なんか地面がどろどろだし、周囲より沈み込んでるし。
とりあえずは、上に行こう。いつまでもここにはいられない。

すり鉢状になって、どろどろになってる地面をゆっくりと登っていく。

さすがに応えた。

自動回復で回復はしてるはずだけど、どうも本調子じゃない。

あー、けど、モンスターを通さないって結界はどうなったのかな。

たぶんだけど、解除されてるんじゃないかな、と思う。

結界を維持するには術者が中にいないとって話だったけど、普通はメテオの側で生きてられるわけがないいんだから、メテオを発動した後は解除して逃げたんじゃないかと思うんだよね。

どうにか坂を登りきる。

うん。敵がまだいるのか、結界があるのか、全然わかんない！

ま、結界の有無はすぐわかるだろうと歩きだしたところで、声が聞こえてきた。

「それで終わったとでも思ったか？」

「はい？」

きょろきょろとあたりを見回すも、誰もいない。けど、ガレリアとやらの声だってことはすぐにわかった。

「ノートンが殺られたのだ。その程度はやる可能性なら考えていた」

「あのさ？　負け惜しみはいいから――」

「流星雨《メテオシャワー》」

その言葉の響きにぞっとした私は天を仰いだ。

何もなかった空に、光点がぞろりと、寒気がするほどの数が一気にあらわれる。

あ、無理。

こんなんどうしようもないでしょうが！

17話　ＳＩＤＥ：極天のガレリア

メテオが様子見だというのはそのとおりではあるのだが、実際のところガレリアはそれで終わるとも思っていた。

メテオの直撃に耐えられる生物などいるはずがないからだ。

そして、躱《かわ》すのも難しい。

メテオは召喚魔法だ。その発動の瞬間を読み切ることはほぼ不可能であり、この世界にあらわれた瞬間に、目にも留まらぬ速度で敵に直撃する。

発動したが最後、敵はほぼ即死するという魔法なのだ。

だが、ミミックは耐えた。

躱すよりもより不可能な方法で、メテオを凌《しの》いだのだ。

だが、ガレリアは万が一のことを想定していた。

一門の最終奥義であるところのメテオシャワーの発動を準備していたのだ。

まずはメテオを発動し、即座にメテオシャワーの儀式に入っていたのだった。

メテオで終われば、儀式を中断すればいいだけのことで、無駄に魔力を使う程度のリスクしかない。

「さて。メテオシャワーとなると、威力を抑えるほうが難しくなるな」

モンスターを通さない結界はすでに解除していた。今使用しているのは、メテオの威力を外部へと漏らさないための結界だ。

ガレリアとその一門は、気配遮断を解除し、その全ての力を結界の維持に注いでいた。

ドドドドドドドドッ！

結界越しであっても、森と大地を蹂躙する爆音が耳をつんざく。

無数のメテオが一カ所に炸裂し、球形の結界内が閃光で染まる。

発生する衝撃と熱を結界内部にどうにか抑え込んで、影響を局所に限定する。それこそが、この魔法の極意だ。

結界が内部で渦巻く衝撃を吸収し、急速に内部が澄んでいく。

文字どおり、跡形もなくなっていた。

結界内部にあったものは全てが消え失せたのだ。

そこにあったものは衝撃で砕け、高熱で溶け、全てが混ざり合った状態で堆積している。

「ガレリアさま……これ以上は結界の保持が困難です」

一門の者たちが、ガレリアの下へとやってくる。

五十名ほどはいたはずだが、半数以下となっていた。

何人かはミミックにやられ、他はメテオシャワーの儀式中に倒れたのだろう。

これほどの犠牲を出してまで、たかがミミック一体を倒す必要があったのかとは、誰もが思うことだろう。

だが、ガレリアには必要だった。

最強の魔導結社としてのプライドを保つためには、ミミック一体といえども全力で叩きつぶす必要があったのだ。

「余波はほぼ吸収しつくした。結界は解除しろ」

結界が解かれる。途端に熱風が駆け抜けるが、すでに命に関わるほどのものではなくなっていた。

「後始末は任せる」

冒険者の生活の糧でもあるダンジョンを一部とはいえ再生不可能なまでに破壊してしまったし、こんな街の近くで広域破壊魔法を使用したとなれば、各方面からの苦情は避けられないだろう。

だが、そのような諸事に対応するのはガレリアの仕事ではない。

ガレリアの仕事は、魔導の追求に他ならないのだ。

メテオシャワーの実戦運用について考えながら、ガレリアは踵を返した。

「爆裂脚！　爆裂脚！　爆裂脚！」

その瞬間、背後から声が聞こえてきた。まさかとは思うものの、あのミミックの声だ。

ガレリアが振り向くと、おかしな体勢の弟子が飛んできた。思わず受け止める。

ドゴン！


ガレリアの腕の中で弟子が爆発した。

だが、ガレリアは無傷だった。この程度の爆発でダメージを負うほど柔ではないのだ。

そして、弟子の爆発で発生した爆風で、ガレリアにも爆裂属性が付加され、さらなる爆発が発生する。

だが、ガレリアはこれにも耐えた。

モンスターの身体をいくつも取り入れたガレリアの耐久力は、並大抵のものではなかったのだ。

「あー、もう、今回ばっかは死ぬかと思ったよ！　やりたい放題やってくれちゃってさぁ！　まあ、あれだよ。こっからは私のターンだから！」

残りの弟子たちは無惨な有様になっていた。

爆裂して、血と肉片になり、周囲を真っ赤に染めていたのだ。

そして、その血だまりの中に、ほとんど無傷のミミックが立っていた。

18話　ミミック VS 極天のガレリア

「貴様……どうやって……」

あ、こいつ本気で驚いてるな。

バケモノみたいな顔で表情とかはよくわかんないけど、雰囲気でわかる。

「召喚してもらった」

「なんだと!?」

種を明かしてしまえばなんてことはない。

スアマちゃんが街に行って、モンスター使いのドルホイさんに私を召喚するように頼んだのだ。

そう。私は、あいつと一度だけ、一分だけの召喚に応じる契約を結んでいるのだ!

さすがに最初のメテオを喰らってる最中には間に合わなかったけど、どうにかメテオシャワーの発動までには間に合ったってわけ。

なので、けっきょく助かったのはいろいろな偶然が重なった結果なのだ。

スアマちゃんが咄嗟にこの作戦を思いついて、街に辿り着けて、ドルホイさんが協力してくれて、メテオシャワー発動に間に合って、召喚期限の一分後にはメテオシャワーの脅威がおさまっていて。

一つでもうまくいってなかったら、私は跡形もなく消え去っていただろう。

「馬鹿なのか貴様？　のこのことあらわれおって」

あ、なんか呆れられてる。

そりゃね。別にわざわざこいつの前にあらわれる必要は全然なかった。

メテオシャワーで死んだと思われてるわけなんだから、召喚時間が終わって元の場所に戻ってきて、それで無事だったのならとっとと逃げだせばいいのだ。

それが賢い選択だってのはわかる。

けどさ。

けれど。

ここまでやられて、おめおめと逃げだすってありえなくない？

この辺はもうなんていうか、理屈じゃないよね。

やられたらやりかえす！　絶対ぶっころしてやるっていう、モンスターの本能的なあれだ。

「我は極天のガレリア。貴様如きが、敵う相手とでも思ったか？」

「いやー、案外いけるんじゃない？　だってあんた魔法使いでしょ？　近接専門の私をどうにかできるの？」

メテオにメテオシャワー。確かに威力はすごい。けど、そんなものほいほいと連発できるわけはないはずなのだ。

そして、他の魔法で私を倒せるのなら最初からそうしているはず。

……だよね？

「……まさか貴様、我がメテオしか使えぬとでも思っているのか？　あれは、ノートンへの手向けとしてあえて使ったまでのこと」

ガレリアが毛むくじゃらの右手を挙げる。するとそこには火球が生まれた。直径2メートルほどの業火球。

あ、やばい感じのやつだ、これ。

「それに、先ほどの爆裂は我に通用しなかったな？　我は防御など特に行いはしなかったが？」

「まあ、あれだ。そりゃやってみなけりゃわかんないでしょ」

と、私が言い終わるのが合図になったのか。

ガレリアが火球を放つ。

これまでの経験上、魔法は避けられない。

「七星連武！」

だが！　私にはさっき覚えたばかりのスキルがある！

これは複数の敵の間を駆け回って七人を一気に攻撃する技。が、相手が一人なら、これは七連続攻撃となるのだ！

神速の踏み込みは、火球が加速する前に、その下を潜り抜けてのガレリアへの接敵を可能とした。

爆裂脚！

喰らわせながら駆け抜ける。火球はあさっての方向に飛んでいく。

そして、速度はそのままに、Uターン！

背後から、側面から。私はガレリアの周囲を縦横無尽に駆けながら爆裂脚を喰らわせる。

普通なら爆裂脚は、一度に一回しか発動しない。

けど七星連武には、組み合わせた技を七連撃終了後にまとめて発動させる効果がある。つまり、爆裂脚での七回攻撃が可能となるのだ。

「喰らえ！　七星爆裂脚！」

最後の一撃を加えて離脱。

こいつは一度の爆裂には耐えた。

けど、七発同時の爆裂は？

一瞬の間。


ドドドドドドドッ！


その音はガレリアの身体の中から聞こえてきた。

同時にガレリアの身体が大きく歪《いびつ》に膨れあがる。

内部の爆発をどうにか抑え込もうとしているのだ。


ドッカーン！

そして、ガレリアは派手に爆裂した。

あー……よかったー。

さすがにもう限界だったのだ。

ポーションは使い切ったし、自動回復に使うソウルも底をつきかけていた。

あ、そうそう。こいつも回復するかもしんないよね。

と、あたりを見回してみる。

あった。

ガレリアの頭。

近くの木に角が突き刺さってる。

「……貴様……」

うおっ！　まだ生きてる！

けど、虫の息って感じだ。さすがにこっから復活とかはないだろう。

「残念でしたー！　いやー、メテオ喰らってる最中にスキル習得しちゃってさー！　それなかったら負けてたかもねー！」

「……災厄の箱め……貴様にはわずかにでも戦いを経験させるべきではなかった……小手調べなどと馬鹿なことを……」

それだけ言ってガレリアは黙り込んだ。

うん。

勝った！　やったね！

さてと。で、こっからどうするか。もう敵はいないはずだけど。

まあ、街に行ってスアマちゃんと合流してみよう。

＊＊＊＊

「ほ、本当にもう一度契約してくださるので？」

と、ドルホイさんはへこへことしていた。

ここはドルホイさんの屋敷の応接室。

私とスアマちゃんは並んでソファに座ってて、ドルホイさんは向かい側に座ってるって状況だ。

「うん。今回は無駄に使わせちゃったわけだから、もちろんその分の補填はするよ。ついでに回数は二回までで、一回あたり五分にしてあげよう」

「おお！　ありがとうございます！」

あ、本気で喜んでる。人間の敵が相手でも気にしてなさそうなのは、モンスター使いだからなのかなぁ。

「いや……しかし、この短期間の間にレベル１５０とは、いったいどんな修業をなさっておられたんですか？」

「修業かー。メテオを押し返すとか？」

「はあ」

あ、つまんない冗談だと思われたみたいだ。ちょっとむかつく。

しかし、レベル１５０か。

ガレリアとその一門ってのはかなりの経験値だったはずなので妥当な気もするけど、ソウルを集める指輪をはめてたらもっと上がったのかな。ちょっともったいなかったかも。

「ハルミさんが無事で本当によかったです！」

「いやー、今回はスアマちゃんの機転に助けられたよー」

つーか、私も召喚のことなんてすっかり忘れてたしな！

てか、覚えててもスアマちゃんに指示できる状況じゃなかったから、けっきょくはスアマちゃんだのみだったってことだ。

「いえ。モンスターを通さない結界だとしても、召喚で呼べば出られるのかなって思っただけで」

「でも、一分で戻るなら意味ないとか思わなかった？」

「そうですね。でも、召喚のエネルギーはドルホイさん持ちという契約でしたから、ドルホイさんのエネルギーがない状態にしたら、元の場所には戻らないんじゃないかとかも考えました」

ちょっと怖いな！　この子！

あ、ドルホイさんも引いてる。

「さてと、そろそろ行くかな。わかってるとは思うけど？」

「はい。あなたのことは口外いたしません」

モンスター使いのことを聞きに来た娘がいたから教えただけ。そんなスタンスでいくつもりらしい。

屋敷を出て街の外へ。

特になにごともなくあっさりと脱出完了。

森で何かあったらしいってことで騒ぎにはなってるけど、それに私たちが関わってるとかはまだバレていないようだ。

「けど、まあ、私を追ってきた奴がいたし、もうそこら辺を出歩いてるミミックがヤバイってのは広まってるのかなー」

てか、そんなの私以外にいないだろうからバレバレだよね。

「ハルミさん、これからどちらへ向かわれるんですか？」

「うーん、とりあえず闇の森に行ったら情報収集できると思ってたからなー。こっからどうしたもんか」

けど、このままのこのこと歩いていくのも難しそうだ。

もうちょっとまともな偽装工作が必要なところかな。

「あの、車椅子を使うというのはどうでしょう？　上半身を女の子にして、下半身を隠してしまえば、そう簡単にはばれないと思います」

「ふむ。車椅子に座ってて、足元を隠してるとなると、わざわざのぞき込もうって奴もそんなにいないか。ついでに義足を見せとくとかしてもいいかも」
でも、その車椅子を調達するのに、いろいろと手間がかかりそうだ。
まあ、とにかく最終目的地であるエリモンセンターは北の大陸にある。
「とりあえず北に向かうよー」
ま、なんとかなるよね！
ここで考え込んでたってどうしようもないし。
ということで。
私たちは北へと向かうことにしたのだった。

番外編

―書き下ろし―

マリニーさんのダンジョン運営

◆シーズン３８９、開始前々日

「じゃあシーズン３８９の準備をよろしくねー」

「はーい」

アルドラ迷宮のボス、アルドラの指示を受けたマリニーは、モンスターラボへと向かった。

マリニーはアルドラ迷宮の地下十階の中ボスを担当しており、地下一階から十階までの管理を任されているのだ。

今はシーズンオフで、生き残りのモンスターたちはメンテナンスエリアに帰ってきてそれぞれの休暇を楽しんでいる。だが、管理者たる中ボスの仕事はこのオフの二日間が本番だった。

城を出て、街を歩き、ラボへと向かいながら今後のことを考える。

ダンジョン運営はモンスターの初期配置にほぼ全てがかかっている。

シーズン開始後は、事細かにあれをしろ、これをしろなどと指示をすることはないのだ。

なので当然ながら、モンスターの性質、能力、数などの把握が重要となってくる。

まずは前シーズンの生き残りをリストアップ。

レベルアップなどを考慮に入れて、再度ランク付けしていく。

それにより、階層ごとのモンスター配置が大体は決まるので、それだけでは足りないモンスターを、新たに産み出して補うのだ。

ラボに着いたマリニーは、モンスターメーカーがある部屋に入った。

その部屋の中央にある黒い球体がモンスターメーカーであり、ここからモンスターを産み出すのだ。

モンスターを産み出すにはスピリットが必要であり、今シーズンの分がアルドラによって決められている。

スピリットはダンジョン運営で獲得する資源《リソース》なので、バランスが重要だった。

スピリットを大量につぎ込めば強力なモンスターを産み出すことはできるが、それでどれだけのスピリットを回収できるのかが問題となる。

「使うスピリットの量と、モンスターの強さが比例してくれるなら、話は単純なんだけどねー」

マリニーは、モンスターメーカーに話しかけた。モンスターメーカーもモンスターの一種なのだ。

「長年やってますけど、こいつばっかりはどうにもなりませんね」

モンスターメーカーがぼやき交じりの返事をした。

スピリットの属性や配合などで、ある程度は産まれてくるモンスターをコントロールできる。だが、確実性はない。運任せな部分が多大にあるのだ。

それを揶揄して、モンスターメーカーのことを、モンスターガチャと呼ぶ奴らもいるぐらいだった。

「ま、地道にやっていきましょー。とりあえずレベル50台が三体欲しいから、それ狙いでー」

まずはランクの高いスピリットを使用していく。

スピリットの使い方も様々な方法があるのだが、基本は単体でそのまま使用することだった。

スピリットとは冒険者やモンスターの魂のようなもので、生前の強さがそのままスピリットのランクとなる。ランクの高いスピリットを使えば、強力なモンスターが産まれる可能性が高くなるのだ。

モンスターメーカーは黒い触手を伸ばしていき、近くにある棚からスピリットのフラスコ瓶を取る。そして内部へと吸収した。

モンスターメーカーはガタガタと震えはじめ、しばらくして脚が六本ある獅子を放り出した。

ちなみに、産み出されるモンスターは、球体のサイズにより制限を受ける。ここにいるモンスターメーカーの直径は5メートルなので、それ以下の大きさのモンスターしか産み出せない。

「おぉ。マッシブレオとは幸先いいなー」

マッシブレオはぐったりとした様子だった。産まれたてはこんなもので、まともに動けるようになるには多少の時間を要する。

「この調子でどんどんいってみてー」

次々にスピリットが投入され、モンスターが産み出されていく。

想定していたランクのモンスターを必要なだけ産み出したところで、モンスターメーカーは動きを止めた。

「後はどうしましょう？」

「そうね。無駄遣いしても仕方ないから、今日のところはここまでにしとこうかな」

マリニーが担当する階層のモンスターはこの時点でそろっていた。

なので本来なら、これ以上モンスターを産み出す必要はなく、今後世界を揺るがすことになる、あのモンスターが産まれてくることはないはずだったのだ。

◆シーズン３８９、前日

「アイテム取得率二倍キャンペーン、ですか？」

アルドラの部屋に呼び出されたマリニーは、唐突な指示に驚いた。

「そう。最近、ちょっと冒険者の訪問率が下がってるじゃない？　ここらでちょっと派手なことをしといたほうがいいかなーって思うのよぉ」

「あのぉ、あと数時間でシーズン開始なんですけどぉ」

アルドラのことを尊敬しているマリニーだが、さすがに苦言の一つも呈したくなった。こんなギリギリのタイミングで言われても非常に困るのだ。

取得率二倍ということだが、要は宝箱が配置された部屋を増やすということだ。

するとアイテムを余分に用意しなくてはならないし、配置を考える手間も増えるのだが、そんなことよりも重大な問題が発生する。

「さし当たっての問題は、宝箱の在庫なんですけど、二倍はやりすぎじゃない？　二割とかじゃだめ？」

宝箱の数が足りないのだ。

基本的に使い回すものだし、そう簡単に壊れないので、予備はあまり用意していない。

今から注文しても、間に合うものでもないだろう。

「だめー！　二割じゃ体感できないもの。けど、アイテムをそこらに放り出しておくのも格好悪いし……そうだ！　ミミックを使うのはどう？　モンスターなら、スピリットで作れるし」

アルドラはとてもいいアイデアだと言わんばかりだった。そして、こうなったらアルドラは絶対に折れないのだ。

「でも、ミミックってけっこう強いですよ？　宝箱代わりって無理がある気が」

ミミックはモンスターではあるが、トラップの一種でもある。

冒険者が判断を誤った場合は手痛い目にあわせる必要があり、必然的にある程度の強さが必要となるのだ。

「そんなの弱いミミックを作ればいいじゃない」

「それでいいの!?」

あえて弱くするという発想のなかったマリニーは驚いた。

「いいよ、いいよー」

「できないことはないんだけど……わかった。じゃあ、その方針でいくね」

アルドラの思いつきはそう簡単に覆せない。時間もないので、マリニーはすぐにラボに向かうことにした。

＊＊＊＊＊

「無機物系のレシピで、とにかく弱い奴、ですか?」

「そう。具体的に言うと、弱いミミックが欲しいの」

「はあ」

モンスターメーカーは訝しげにしていた。そんなことを要求されるとは思っていなかったのだろう。

だが、仕事は仕事ということか、モンスターメーカーは言われるがままに作業を開始した。

使用するスピリットは、単体では使い物にならない残りカスのようなスピリットで、それらを適当に混ぜ合わせて無機物系のレシピに寄せていく。

ゴーレム、ミミック、ガーゴイル、スライム、ミミック、アイアンアント、メタルモンキー、ミミック、ゴーレム、ブロンズキャンサー。

それなりの確率でミミックは産み出されていく。勢いよく次々と出てくるが、狙いどおりレベルは低いため、いくら数をそろえようと戦力にはならない連中だった。

「でも、ちょっと可哀想だよねぇ。入れ物に使うためだけに産み出されるって」

「それは、僕にはなんとも」

モンスターメーカーも複雑な気持ちのようだ。

「で。もっと可哀想なのが、ミミックですらないこいつらかー」

ミミック以外は、ただ弱いだけのモンスターでなんの役にも立たない。地下一階で使うぐらいしかないのだが、地下一階のモンスターはもう足りているのだ。

なので、彼らは目覚める前に処分され、再びスピリットへと還元されることになる。

ミミックがある程度そろったところで、マリニーは手下のアラクネたちを呼び出した。

「はーい。時間がないのでてきぱきやってほしいんだけど、このミミックにアイテムを詰めていってねぇ」

「了解です、お姉様！」

子供のアラクネたちが事前に用意してあったアイテムを持ってきて、ミミックへと入れていく。

「お姉様、アイテムが足りないです！」

「あれ？　そうなの？　じゃあ、なんでもいいから入れといてよ」

アルドラの大盤振る舞いによって、レアアイテムが取りそろえられていたのだが、ミミックを作りすぎてしまったらしい。

さすがに中に何も入ってないのはどうかと思ったマリニーは適当な指示を出した。

「うーん、どうしよー」

「あ、じゃあ、こないだ拾ったこれを入れよう！」

「なにそれなにそれー」

「冒険者が落としていったのを拾ったんだー」

「いいのー？」

「いいのー。あんまり可愛くないし」

「じゃあ、これは外れだー」

「そうだねー外れだー」

子アラクネたちはわいわいと喋りながら、10G銅貨をミミックに入れていた。

「まあ、外れが一つぐらいあってもいいかー。そいつは地下一階ね」

アイテムが収納され、ミミックはそれぞれの階層の控え室へと運び込まれた。

「さてと」

シーズン開始の一時間前にこの作業は完了した。

これからモンスターを所定の持ち場へと移動させなければならないし、冒険者に公開するスペックシートの更新もしなくてはならない。

シーズン開始に間に合うかは微妙なところだった。

◆シーズン389、一日目。初日

「マリニーでーす！　アルドラ様に代わってみんなにお知らせするよー。今から、シーズン389を開始しまーす！　みんなでがんばって冒険者たちをやっつけましょうねー」

メンテナンスエリアにある、中ボスの待機部屋。

シーズン開始のアナウンスを終え、マリニーはようやく一息ついた。

開始直前までどたばたとしていて気を抜く暇もなかったのだ。

「しばらくはすることないかなー」

ダンジョン運営者としての仕事は、初期設定がほぼ全てだった。

ダンジョンによっては事細かに介入するところもあるようだが、アルドラ迷宮はそうではない。

以前はあれこれと試していたが、けっきょくはモンスターの初期配置次第ということがわかってきたので、シーズン中の行動はモンスターの自由にさせることにしているのだ。

「お姉様、お暇でしたら遊んでください！」

マリニーがぼうっとしていると、小さなアラクネたちがわらわらと寄ってきた。

彼女たちのような幼生体は純種と呼ばれるモンスターから産まれてくる。

モンスターメーカーは手軽にモンスターを増やすにはいいのだが、しょせんは使い捨ての駒を産み出しているにすぎない。

モンスターの支配階級は、古来から存在する純種の一族で占められているのだ。

「じゃあちょっとだけねー」

何かトラブルが発生した場合はマリニーが出張る場合もある。だが、今はシーズン開始直後だ。そうおかしなことは起こらないだろうとマリニーは考えた。

一日目は、特筆すべき出来事は起こらなかった。

実際には、ただの入れ物扱いでしかなかったモンスターが、あるアイテムを手に入れて、とんでもないことをしでかしはじめていたのだが、今のマリニーは知る由もなかったのだ。

◆シーズン389、二日目

「うわー殺られたー」

マリニーは倒れた。

地下十階のボスとしての仕事をしているのだ。

もちろん、管理者がいちいち殺されていては仕事にならないので、倒されたのは意識を共有するシャドウという存在である。

当然、本体よりは弱いし、出現させられるのはダンジョンの特定の場所だけなのだが、ソウルを消費するだけで作れるので気軽に死なせることができるのだった。

「二日目も順調かなー」

意識をメンテナンスエリアに戻してつぶやく。

「お姉様ー。評議会から招集があったのですよー」

すると、子アラクネがやってきて、そんなことを伝えてきた。

「ええ？　こんな時間にぃ？」

二日目が後数時間で終わるころだった。地上はもう夜になっていることだろう。

正直な話、めんどうではあるのだが、マリニーは招集に応じることにした。

ダンジョンと冒険者の関係は持ちつ持たれつであり、あまり人間たちを無下にするわけにもいかないのだ。

「服持ってきてぇ」

「はーい」

子アラクネたちが、服を持ってわらわらとやってくる。

ダンジョン内では裸のマリニーだが、人間の街に行く際にそれではいろいろと問題になるのだ。

「いーなー、私も欲しいなー」

「息苦しいだけだと思うけどねぇ」

着付けを終えたマリニーは、ダンジョンの裏口から出て街へと向かう。

ドレスのスカート部分は後ろに大きく伸びている。中にはワイヤーがしこんであり、形が崩れないようになっていた。そうやって下半身の蜘蛛部分を覆い隠しているのだ。

人間のファッションにも似たようなものがあるので、一見ではモンスターとはバレないのだが、

マリニーの美貌は注目を集めていた。

◆シーズン389、三日目

評議会から退出し、外へ出ると日が変わっていた。

喧嘩を売られていたようなので、思わず買ってしまったマリニーだが、そもそもの原因がよくわからない。

考えられる原因はモンスターの突然変異だが、それでも地下一階が攻略不可能になるほどの変異は考えにくかった。

だが、わざわざマリニーを呼び出すほどなのだから、何かが起こっているのは事実なのだろう。

マリニーは、表口から帰ることにした。

地下一階で暴れている何かは、入ってすぐの広場に陣取っていて、やってきた冒険者を皆殺しにしているらしいからだ。

街外れの荒野に行くと、古びた建物があった。

石造りの祠《ほこら》であり、そこがアルドラ迷宮の正式な入り口だ。

祠の側には入場受付があり、人間の係員が常に待機している。

入り口の前には立ち入り禁止の看板が立っていた。緊急事態ということで閉鎖したのだろう。

だがモンスターであるマリニーはそのまま中へ入る。人間のルールなど関係ないからだ。

中に入ってしまえば、人目はないので、マリニーはドレスを脱いだ。窮屈で仕方がなかったのだ。

階段を下りていくと、広場に出る直前で声が聞こえてきた。

「あ、でも、冒険者が死んで、お化けになって出てきたら、それってモンスター扱いなのかな？」

「中で死んだ冒険者は、身体から魂まで全て有効活用するから、ゴーストになる余地はないかなー」

この声の主が問題のモンスターなのだろう。

地下一階の広場に到着し、マリニーは呆気にとられた。

そこで手足の生えた、奇妙なミミックが待ちかまえていたからだ。

「あ、あの、こんばん――」

「うわ。なにこれ！　ミミック？　だよね？　なんで脚が？　なんでこんなところに？」

こんなミミックをマリニーは見たことがなかった。あえて弱く作ったミミックのはずだが、粗製濫造がおかしな風に作用したのかもしれない。

マリニーは鑑定スキルを使用した。

レベル12のミミックで、ハルミという名前だ。

極端にレベルの上がりにくいこの環境でここまでレベルを上げたからには、かなりの冒険者を屠《ほふ》ってきたはずだ。

だが、わからないのは、なぜそんなことができるのかだ。

突然変異種だとしても、地下一階にやってきた冒険者を蹂躙しつくすなどありえなかった。

――妙なハイヒールを履いてるけど、あれのせい？

マリニーはハイヒールを鑑定した。

『鑑定に失敗しました』

よほどレア度の高いアイテムなのだろうか。
マリニーは、もう一度鑑定しようとして……凍り付いた。

『二度は許さない』

ハイヒールの放つ呪いじみた怒気に気圧されたのだ。
レジェンダリーアイテムの中には意思を持つものがあるという。まさかこれがそうなのか。
マリニーはどうにか己を取り戻した。このままでは、自分の指示で作り出したミミックに怯えているかのようだと思ったのだ。さすがにそればかりはプライドが許さなかった。
「ああ、ごめんごめん。ハルミちゃんだよねー。私、マリニーっていうんだけど覚えてるかなー？」

ハルミも、マリニーの逡巡に気付いたようだが、それはハルミの姿に驚いたのだと解釈したようだった。

話を聞いてみると、冒険者に襲われてどうにか助かろうと擬態を試したら手足が生えてきて、その後冒険者の一人が仲間を裏切ってハルミを助けたということらしい。

そして、深紅の薔薇というアイテムを無理矢理装備させて去っていったのだという。

——何がしたいんだろう？

よくわからないが、やはりこのハイヒールがハルミを極端に強化しているらしい。

このハイヒールのスペックもよくわからないが、どう見ても伝説級《レジエンダリー》、もしくは古代伝説級《エンシエントレジエンダリー》のアイテムだ。

ならば、何が来ようが大丈夫なのかもしれない。

実は、ハルミを始末するだけなら簡単だった。管理者であるマリニーには、ハルミを即死させる管理コマンドが使えるのだ。そして、それが事を穏便にすませるなら一番いい方法だった。

だが、モンスターとしての本分をまっとうしているだけの部下を、都合が悪いからといって始末するなど、筋が通らない。マリニーは筋の通らないことが大嫌いなのだ。

なので、できるだけのことをしてやろうと、マリニーは思ったのだった。

◆シーズン389、四日目

評議会に動きはなかったが、今シーズン中になんらかの手立てを打ってくるはずだった。

さすがに勇者は無理だろうとマリニーも思っているが、上級の冒険者を送り込んでくるぐらいは十分にありうる。

けっきょく、この日には何も起こらなかった。

◆シーズン389、五日目。最終日

「マリニーでーす！　アルドラ様に代わってみんなにお知らせするよー。みなさんお疲れさまでしたー。シーズン389の終了を宣言しますよー。生き残ってるみなさんはその場で待機していてくださいねー。ダンジョンキーパーさんがお迎えにいきますからねー」

無事シーズンが終わったので、マリニーは終了のアナウンスを行った。

地下一階で何が起こっていたのかは、ソウルの動きでなんとなくはわかる。

けっきょく、ハルミは生き残ったのだ。それも逃げ隠れしてのことではない。

地下一階で発生した大量のソウルからもわかるように、ハルミはやってきた敵の撃退にも成功しているのだ。

今シーズンは、中盤から立ち入り禁止にされてしまったので、ソウル的には赤字になるかと思っていたが、終わってみれば大儲けしていた。

「こんばんはー！　なんかソウルがすごいことになってるんだけど！」

アルドラがマリニーの部屋へとやってきた。

「先日報告したハルミちゃんだけど、うまくやったみたいですねー」

「そっかそっかー。んー、でもこんだけ活躍しちゃうと、うちの内規だと、報酬がとんでもないことになる気がするんだけどー」

「そうですよねー。こんなに大物がやってきてバタバタ死んでいくとは思いませんでしたし」

「ねえ？　もうこれはエリモン候補に推すしかないんじゃないかしら！」

「エリモンって……エリートモンスター？　さすがにそれは無理なんじゃ……」

エリートモンスターは大魔王様直属の部下のことだ。

候補ですら、並大抵のことではなることができない。いくらハルミが深紅の薔薇を持っているといっても、それだけで通用するとはとても思えなかった。

「いける！　いけるよー！」

――あ、これはいつものやつだ。

もうアルドラはそうしようと決めてしまったのだ。こうなるとマリニーの言うことなど聞きはしない。

――ちょっと可哀想な気もするけど、もうここに置いておくのは事実上無理だし……。

もうダンジョン内に配置して活躍させるのは無理だろう。そうなると飼い殺しにするか、始末するかしかなくなるのだが、それはあまりに不憫だった。

なんにしろ、このダンジョンから外に出してしまうのが一番よさそうなのだ。

――まあ、どうにかがんばって！

けっきょくマリニーも、心の中で無責任に応援するぐらいしかできないのだった。

あとがき

このたびはお買い上げくださり、まことにありがとうございます。

さて。いきなりでなんですが、私はあとがきを書くのが苦手でいつも四苦八苦しています。

ですが、一巻目なら自己紹介がてらの作品紹介なんて手が使えますので、これでお茶を濁させていただきます！


『姉ちゃんは中二病』

ＨＪ文庫さんより七巻まで出ております。

現代学園ものです。中二病の姉を持つ弟が、中二病的修業を押しつけられた結果、最強になってしまったというお話です。

殺人鬼とか、吸血鬼とか、獣人とか、妖怪とか、魔神とか、謎のデスゲームを仕掛けてくる奴とかと戦います。


『大魔王が倒せない』

アース・スターノベルさんより三巻まで出ております。

異世界ファンタジーです。最強の美少女大魔王が主人公で、タイトルどおり誰にも倒せないというお話です。

『即死チートが最強すぎて、異世界のやつらがまるで相手にならないんですが。』

アース・スターノベルさんより四巻まで出ておりまして、続刊中です。

タイトルどおりの作品です。

主人公の能力は、任意の対象を即死させるというもので、身も蓋もありません。

どんな敵でも確実に即死する、お気楽異世界ファンタジーです。

あと、こちらの作品は納都花丸《なんとはなまる》先生により漫画化されておりまして、コミック　アース・スターさん（http://comic-earthstar.jp/）で連載されております。こちらも大変おすすめですので、ぜひごらんください。


で、私の四シリーズ目が本作です。

この作品の世界では国民的ＲＰＧに出てくるほうのミミックみたいなのがメジャーなんですが、なぜか手足の生えてしまったほうのミミックが活躍するというお話です。

美脚ミミックというタイトルでわかるように、モチーフとなっているのは、貪欲な感じのアレですが、このお話自体はダークファンタジーというわけではなくて、ＲＰＧ風異世界でモンスターが活躍する、のほほん？　とした感じになっております。

作者がこれまでにやってきたいろいろなゲームの要素を混ぜ合わせたような世界観《システム》になっていますので、ゲーム好きの方ですと、ああ、これはあれか、と、わかるかもしれません。

本文を読み終わってからあとがきを読んでおられる方は、で？　表紙の可愛い女の子は？　と思われるかもしれませんが……あれです。イメージ映像的なやつです！

上半身モードと、下半身モードを同時に発動できたら、こんな感じなんです！　1巻には出てきませんが！

まあ、ミミックは擬態を意味する言葉ですし、モンスターとしてのミミックも宝箱限定で擬態するわけでもありませんので、人間風に擬態するのも可能なはずということで！

あ、変態冒険者募集！　なんてしようかと思ったんですが、ページは足りてるっぽいので別にいいですね。

募集要項とかは特に用意しませんが、熱意のある奇特な方は奥付を見て適当に送りつけてくださるか、作者のツイッターに応募していただいてもいいですよ！

と、いい感じにページを稼げたところで謝辞です。

イラスト担当の夕薙《ゆーなぎ》先生。

イラストを引き受けてくださってありがとうございます。

こんな手足の生えた宝箱なんてゆー珍妙なものを描いていただいて本当にいいのだろうか？　などと思いましたが、そんなけったいな主人公を可愛く描いてくださって本当にありがとうございます。


担当様。

即死チートに引き続き、担当してくださりありがとうございます。こんな変な話にお声がけいただき、感謝しております。


タイトルに1と付けているのは、2巻を出してやるぜ！　という意気込みからなのですが、出せるかどうかは売れ行きしだいというところです。

これ面白いなーと思ってくださった方は、お友達におすすめしてくださったり、ネットで拡散してくださったりしていただけると大変うれしいです。

ということで、次巻でまたお目にかかりましょう！

藤孝《ふじたか》　剛志《つよし》

りがとう
ございました!

EARTH STAR NOVEL

美脚ミミック、ハルミさん ～転生モンスター異世界成り上がり伝説～ 1

発行	2018年4月16日 初版第1刷発行
著者	藤孝剛志
イラストレーター	夕薙
装丁デザイン	山上陽一（ARTEN）
発行者	幕内和博
編集	半澤三智丸
発行所	株式会社 アース・スター エンターテイメント 〒107-0052 東京都港区赤坂 2-14-5 Daiwa 赤坂ビル 5F TEL：03-5561-7630 FAX：03-5561-7632 http://www.es-novel.jp/
発売所	株式会社 泰文堂 〒108-0075 東京都港区港南 2-16-8 ストーリア品川 TEL：03-6712-0333
印刷・製本	図書印刷株式会社

© Tsuyoshi Fujitaka / Yu-nagi 2018 , Printed in Japan

この物語はフィクションです。実在の人物・団体・事件・地域等には、いっさい関係ありません。

本書は、法令の定めにある場合を除き、その全部または一部を無断で複製・複写することはできません。

また、本書のコピー、スキャン、電子データ化等の無断複製は、著作権法上での例外を除き、禁じられております。

本書を代行業者等の第三者に依頼してスキャン、電子データ化をすることは、私的利用の目的であっても認められておりません。

乱丁・落丁本は裏面側ですが、株式会社アース・スター エンターテイメント 読書係あてにお送りください。

送料小社負担にてお取り替えいたします。価格はカバーに表示してあります。

ISBN 978-4-8030-1178-4